선진 한국의 아버지

(그가 남긴 유언)

선진 한국의 아버지
(그가 남긴 유언)

홍상화 소설

한국문학사

작가의 말 1

한국인은 진실로 우수한 민족인가? 이 질문에 대한 나의 답은 단호히 "그렇다"이다.

그러한 답의 바탕은 무엇인가? 그것은 1961년 지구상에서 가장 가난했던 나라 중의 하나였던 대한민국이 57년 만에 세계 정상급의 국가로 급성장할 수 있었기 때문이다. (1961년은 당시의 '절대빈곤'에서 탈출해야 한다는 명분을 내걸고 박정희가 군사쿠데타를 일으킨 바로 그 해이다.)

'세계 정상급의 국가'란 어떻게 내린 정의인가? '30-50 클럽'(인구가 5천만 명 이상이면서 일인당 국민소득이 3만 달러 이상인 국가)을 세계 정상급의 국가로 정의했으며, 한국은 2018년 말 세계에서 일곱 번째 국가로 이 클럽에 가입되었다.

거기다가 우리 민족만이 가진 특별한 장점이 있다. '30-50 클럽'의 기존 멤버인 미국, 독일, 일본, 영국, 프랑스, 이탈리아는 모두가 원주민이나 식민지를 착취해 자본을 쌓은 제국주의 국가였지만, 오로지 한국만은 제국주의 국가인 적이 없었을 뿐만 아니라, 오히려 피식민지로서 혹독한 착취를 당했던 국가라는 것이다.

◇◇◇◇◇◇◇◇◇◇◇◇◇

이러한 우수한 민족을 아프리카의 '가나'나 아시아의 '아프가니스탄' 수준보다도 못한 위치로 추락시킨 가문이 있다. 그 누구도 아닌, 광복부터 현재까지 3대에 걸쳐 75년 동안 철권으로 북한을 통치하고 있는, 김일성을 수장으로 하는 김씨 가문이다. (2020년 북한의 1인당 국민소득은 1,168달러이다.)

그럼에도 불구하고 최근 들어 남한에서 어찌된 일인지, 김일성의 자서전(전 8권)을 거액을 들여 출판하려는 패거리가 나타났고, 그것을 막으려고 판매·배포 금지 가처분 신청을 한 시민단체가 있었으며, 그 가처분 신청을 기각한(2021. 5. 13) 판사가 있었다. 그리고 그다음 날 납북자 가족들에 의해 다시 판매·배포 금지 가처분 신청이 접수된 상태이다.

박정희가 주도한 쿠데타와 그 뒤에 이어진 독재와 권력의 횡포는 분명 부끄러운 역사의 한 페이지이다. 우리 민족의 근면성·창의성·도전정신이 만천하에 증명된 현재의 시점에서는 특히 그러하다.

그러나 동시에 이제는 우리 민족의 우수성이 전 세계의 인정을 받았기 때문에, 내세우고 싶지 않은 굴곡진 역사조차도 미래의 성장을 위해 필연적으로 거쳐야 했던 역사 속의 폭풍의 계절로 받아들이는 너그러움과 아량을 우리 민족이 가질 때도 되었다.

이런 취지 하에, 특히 왜곡되고 편파적이며, 극도로 미화된 김일성의 자서전이 국내 출판시장에 나오는 것을 무력하게 보고만 있을 수는 없어서 고민 끝에 박정희의 독백을 담은 픽션을 재출간*하게 되었다.

2021년 9월
홍 상 화

* 1997년 10월 『매일경제』에 연재된 바 있다.

차
례

등장인물도

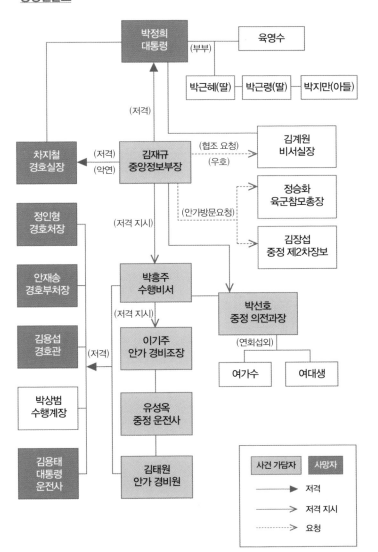

10 · 26 사건 개요

오전 11시   박정희 대통령이 삽교천 방조제 준공식에 참석한 후 KBS 당진송신소 개소식에 참석한다. 중앙정보부장 김재규는 경호실장 차지철의 따돌림으로 참석하지 못한다.

오후 2:30   박 대통령 청와대 복귀.

오후 4시경   박 대통령으로부터 중앙정보부장, 비서실장, 그리고 경호실장 등이 참석하는 대행사를 준비하라는 명을 받은 차지철은 경호처장 정인형에게 안가 측에 준비하도록 지시한다.

오후 4:10   차지철이 김재규에게 대통령 지시사항이라며 6시 궁정동 중앙정보부 안가 대행사를 알린다.

오후 4:40   안가에 간 김재규가 정승화 육군참모총장에게 전화를 걸어 "오늘 궁정동에서 저녁이나 하면서 조용히 시국 이야기를 하자"고 초대한다. 그리고 중앙정보부 제2차장보 김장섭에게 전화해서 6시 30분까지 궁정동 안가 본관으로 오라고 지시한다.

오후 5:40   안가에 도착한 비서실장 김계원에게 김재규가 평소에

12

갈등을 빚어온 차지철을 비난하며 "차지철 이 자식 오늘 해치워버릴까요?" 하는 등 격한 반응을 보인다.

오후 6시 박 대통령과 차지철이 궁정동 안가로 들어오고, 김계원과 김재규도 연회장이 있는 '나'동으로 들어간다. 연회가 진행되는 와중에 박 대통령이 부마항쟁을 중앙정보부의 정보부재 탓으로 돌려 김재규를 힐난한 데 이어 차지철도 과격한 어조로 김재규를 공격한다. 김재규는 흥분한다.

오후 6:30 여가수 심수봉과 여대생 신재순이 연회장에 들어와 박 대통령의 좌우로 앉는다. 그렇게 술잔이 돌고 여담이 오가는 등 술자리 분위기는 익어간다.

오후 7:00 김재규는 연회장을 나와 본관으로 가 그곳에서 대기 중이던 정승화에게 갑자기 대행사에 호출되었다고 말을 전하며, 대신 김장섭과 저녁을 같이하게 한다. 그리고 자기 집무실 책장에 숨겨놓은 발터 PPK 권총을 바지 주머니에 숨겨 가지고 나온다.

그리고 의전과장 박선호와 수행비서 박흥주 대령에게 차지철과 박 대통령을 암살하겠다는 계획을 밝히며, 방에서 총소리가 나면 박흥주와 박선호는 경호원들을 처치하라고 지시한다. 지금 본관에 육군참모총장이 와 있으니 30분 안에 준비하라고 하달한다. (정승화 육군참모총장이 안가 본관에 와 있다는 김재규의 말은, 차지철 경호실장과 박 대통령 암살 계획은 이미 군과 합의된 사항이라는 거짓 암시를 박흥주에게 주었다. 그래서 박흥주는 김재규의 계획에 협조하며 전적으로 따랐던 것으로 보인다.)

박선호와 박흥주는 안가 경비조장 이기주와 안가 경비원 김태원, 운전사 유성옥을 암살조에 합류시킨다.

오후 7:30 박선호는 안가 지배인 남효주에게 "(김)부장님께 부속실로 전화가 왔다고 전해달라"라는 지시를 내렸고, 이를 전달받은 김재규가 밖으로 나와서 박선호에게 준비완료를 확인한다.

오후 7:39 김재규가 김계원의 팔을 쳐서 신호를 주자 김계원은 방문 밖으로 나가서 상황을 주시한다.

오후 7:41 김재규가 차지철의 팔에 총을 발사하고, 연이어 박 대통령의 가슴에 총을 발사한다. 박 대통령은 쓰러지고 차지철은 화장실 쪽으로 도망간다. 김재규가 차지철의 등에 제3발을 쏘려 했으나 총이 격발 불량을 일으킨다. 김재규는 급히 방밖으로 뛰쳐나간다.

김재규의 제1발을 신호로 방문 밖에서는 김재규 측의 박선호 · 박흥주 · 이기주 · 유성옥 · 김태원 등이 대통령경호원인 정인형 · 안재송 · 김용태 · 김용섭 · 박상범 · 이정오 · 김용남 등을 방, 식당, 거실을 오가며 권총과 M16 자동소총으로 쏜다.

밖으로 나온 김재규는 박선호의 리볼버를 넘겨받아 연회장으로 돌아와, 화장실에서 나와 경호원을 찾던 차지철의 복부에 총을 발사해 치명상을 입힌다. 그리고 김재규는 쓰러져 있는 박 대통령에게 다가가 후두

14

부를 향해 마지막 탄알을 발사해 그를 사망에 이르게
한다.

오후 7:48 김재규가 김계원에게 "보안을 유지하십시오"라고 말
하고, 정승화가 있는 본관 식당으로 간다.

오후 7:50 김재규가 "큰일이 났다"며 정승화를 차에 태우고 남산
중앙정보부를 향해 간다. 차 안에서 김재규는 정승화
에게 박정희가 저격당했으니 비상계엄령을 발동해야
한다고 말한다. 그러자 정승화가 육군본부로 가서 비
상계엄령 등 후속조치를 취하자고 권한다. 김재규가
망설이며 고민하는 사이에 앞쪽 운전석 옆자리에 있
던 박흥주 대령이 "그렇게 하시지요" 하고 말한다. 그
래서 이들은 육군본부로 향하게 된다. (이들이 탄 차가
육군본부로 간 이후 김재규는 그곳에서 체포된다. 만약
김재규가 중앙정보부로 갔더라면 유리한 고지를 점하게
되면서 자신의 꿈을 이루었을지도 모른다. 그런 의미에서
박흥주는 비극을 막는 데 결정적인 역할을 했다고 할 수
있다.)

오후 7:55 김계원은 박 대통령 시신을 국군서울지구병원으로 옮
기고 최종적으로 사망을 확인한다.

결국 이 사태로 박정희 대통령, 차지철 경호실장, 정
인형 경호처장, 안재송 경호부처장, 김용섭 경호관,
김용태 대통령 운전기사 등 6명이 사망한다.

박정희의 삶과 죽음

1917년   11월 14일, 경남 선산군 구미면 상모리에서 박성빈과 백
          남의의 5남 2녀 중 5남으로 출생.

1926년   구미공립보통학교 입학.

1932년   구미공립보통학교 졸업, 대구사범학교 입학.

1936년   김호남과 결혼.

1937년   대구사범학교 졸업, 문경보통학교 교사 부임.
          11월 24일, 장녀 재옥 출생.

1938년   부친 박성빈 사망.

1940년   만주국 육군군관학교 제2기 입학.

1942년   만주국 육군군관학교 졸업, 일본 육군사관학교 57기 편
          입학.

1944년   일본 육군사관학교 졸업, 관동군 견습사관 과정을 거쳐
          만주국군 보병 제8단에 소위로 임관.

1945년   한국 광복군 제3지대 제1대대 제2중대장.

1946년   9월, 조선경비사관학교(현 육군사관학교의 전신) 2기생으
          로 입학. 12월 졸업, 소위 임관.
          10월, 대구폭동 중 셋째 형 박상희 사망.

1948년	여순 14연대 반란사건에 연루되어 체포, 현역 부적합 전역.
1949년	군무원 신분으로 육군본부 전투정보과장.
	8월 12일, 모친 백남의 사망.
1950년	6월, 6·25 전쟁 발발 이후 육군 소령으로 복직.
	9월 15일, 육군 중령 진급.
	11월, 김호남과 이혼.
	12월, 육영수와 결혼.
1951년	4월 15일, 육군 대령 진급.
1952년	2월 2일, 차녀 근혜 출생.
1953년	11월 25일, 육군 준장 진급, 제2군단 포병사령관(현재의 포병여단장).
1954년	6월 30일, 3녀 근령 출생.
1955년	제5사단 사단장.
1957년	육군대학교 졸업, 제6군단 부군단장, 제7사단 사단장.
1958년	12월 15일, 아들 지만 출생.
1959년	3월 1일, 육군 소장 진급, 육군 제6관구 사령관 역임.
1960년	1월에는 부산 군수기지 사령관, 12월에는 제2군사령부 부사령관 역임.
1961년	5월 16일, 5·16 군사쿠데타를 일으켜 장면 정권을 실각시킴.
	5월 18일, 군사혁명위원회 부의장(20일 국가재건최고회의로 개명).
	7월 3일, 국가재건최고회의 의장.
	8월 11일, 육군 중장 진급.
	11월 6일, 육군 대장 진급 후 예편.

1962년   3월 22일, 윤보선의 사퇴로 대통령 권한대행.

　　　　 7월, 겸임 내각 수반.

1963년   윤보선을 누르고 대통령 당선. 대한민국 제5대 대통령 취임.

　　　　 제2대 민주공화당 총재, 문화재보수 5개년 계획 수립.

　　　　 서독에 광부와 간호사를 보내 임금을 담보로 1억 4천만
　　　　 마르크 차관.

1965년   일본과의 외교관계를 정상화하는 한일협정 타결.

　　　　 미국 대통령 린든 B. 존슨과의 합의에 의해 배틀 메모리
　　　　 얼 대학과 자매기관으로 한국과학기술연구원 설립.

1967년   제6대 대통령으로 재선. 산림청 개청.

1968년   1 · 21 사태 발생. 한국군 복장을 한 북한공비 31명이 국
　　　　 내로 잠입해 수류탄을 던지고, 기관단총을 무차별 난사,
　　　　 청와대 습격과 정부요인 암살 시도.

　　　　 여운형 추모회 고문.

1969년   3선 개헌을 통과시킨 후 1971년 김대중을 95만 표차로
　　　　 이기고 3선에 성공. 베트남 전쟁에 한국군 파병.

1970년   경부고속도로 준공. 수출 10억 달러 달성. 국방과학연구
　　　　 소 설립. 새마을운동 제창.

1971년   국고로 아르헨티나의 국토 일부를 구매 후 농민을 엄선
　　　　 해 파견.

　　　　 서울 홍릉에 한국과학기술원의 전신인 한국과학원 설립.

　　　　 7월 1일, 제7대 대통령 취임.

1972년   7월 4일, 북한과 통일관련 공동성명 발표(7 · 4 남북공동
　　　　 성명).

10월 17일, 국회 해산 및 계엄령 선포. 11월 21일 1차 유신헌법 찬반 국민투표에서 91.5%의 찬성표를 얻음. 12월 27일 제8대 대통령으로 취임하면서 유신헌법 공포.

1973년 8월 8일, 김대중 납치사건.

1974년 8월 15일, 광복절 기념식장에서 재일동포 문세광의 저격 시도로 영부인 육영수 사망.

1975년 4월 9일, 인혁당 재건위 조작 사건.

1월 22일, 2차 유신헌법 찬반 재신임 투표에서 73.1% 찬성표로 재신임.

1976년 8월 칠백의총 주변 기념관 등 기타시설 건립 지시.

1977년 수출 100억 달러 달성. 부가가치세 시행.

12월, 1978년부터 서울을 제외한 전국 국민학생에게 교과서 무상지급 확정.

1978년 한국정신문화연구원 개관.

12월 27일, 제9대 대통령에 선출. 세계에서 7번째로 국산 장거리 지대지유도탄 및 중거리유도탄, 다연발로켓 시험 발사 성공.

1979년 10월, 남민전(남조선민주주의민족전선) 관련자 검거. 크리스찬아카데미 관련자 검거.

10월 26일, 서울 궁정동 안가에서 중앙정보부장 김재규의 총격(10·26 사건)으로 치명상을 입어 병원으로 옮겨졌으나 사망.

11월 3일, 건국훈장 대한민국장 수여.

선진 한국의 아버지

(그가 남긴 유언)

쿠데타[1]로 권력을 잡은 지 18년 만인 1979년 10월 26일 저녁 7시경, 청와대 옆 궁정동에 있는 중앙정보부[2] 관할 안가(安家)[3]에서는 주석이 벌어지고 있었다. 참석자는 대통령[4]과 중앙정보부장[5], 경호실장[6], 비서실장[7], 유명 여가수[8], 여대생[9]이다.

여대생이 따라주는 위스키로 취기가 오른 대통령은 동석한 여가수가 통기타 반주에 맞춰 부르는 달콤한 노랫소리를 듣고 있다.

비가 오면 생각나는 그 사람

언제나 말이 없던 그 사람

사랑의 괴로움을 몰래 감추고

떠난 사람 못 잊어서 울던 그 사람

……

대통령은 한껏 오른 취기를 못 이기는 듯 눈을 감았다. 그 순간 8·15 광복절 경축일[10]에 흉탄으로 세상을 떠난 아내의 모습이 머릿속에 그려진다. 그는 입속으로 나직이 읊조린다.

영수![11] 당신이 떠난 후 청와대는 감옥이 되었소. 그곳의 모든 사람, 심지어 개 방울이[12]까지도 내가 홀로 외로움과 싸우는 것을 지켜보는 것 같소. 나는 그러한 외로움을 견딜 수가 없소. 음습한 청와대 한구석 침실 소파에 앉아 텔레비전을 보며 홀짝홀짝 마신 술 덕택에 그대로 잠들었다가 한밤중 눈을 뜨면, 뒤란의 축 늘어진 나뭇가지가 바람에 흔들리는 소리를 들어야 했소. 그것은 싸늘한 정적과 숨 막히는 공허감 사이를 뚫고 나에게 무자비하게 다가왔소.

그곳은 사람이 살 곳이 못 되오. 부패한 권력과 아첨, 허식과 위선만이 서식하는 곳이오. 나는 싸울 힘을 잃었소. 아니 싸울 필요가 없소. 싸움에서 이기는 것을 보여 줄 사람이 없어졌기 때문이오. 그곳은 나의 감옥, 당신의 추억을 가둔 싸늘한 감옥이오. 잠이 찾아올 줄 모르는 깊은 밤이면 나는 말없는 대중이 나에게 보내는 뜨거운, 하늘이 무너져내리는 듯한 박수 소리라도 듣고 싶다는 마음이 끓어오르오. 그들의 박수 소리를 들으면 잠이 올 것 같아서 그들의 얼굴을 눈앞에 그리려고 하오. 그러나 모든 것이 허사였소.

오늘밤도 나는 이렇게 젊은 여인들 사이에 앉아 술을 마시다가 청와대 내 침실로 돌아갈 것이오. 그때, 잠이 나를 반길 리 없소. 이런 나를 너무 꾸짖지 말아주오. 당신을 잃고 사랑하는 아들[13]의 얼굴마저 볼 수 없는 외로운 남자의 순간적인 망령쯤으로 받아주었으면 좋겠소.

당장 이 자리를 박차고 일어나 육사로 달려가 아들을 볼 수 있다면……. 아! 필부(匹夫)[14]의 인생이 부럽구나. 필부의 아들로 태어나지 못한 아들의 운명이 안타깝구나.

아들아! 어머니를 빼앗기고 넋을 잃은 듯한 어린 너를 보았을 때, 컴컴한 청와대 넓은 복도를 걷다가 나를 향해 보내는 원망의 눈길을 맞이했을 때, 공부하다 책상 위에 엎드려 잠든 너의 뒷모습을 보았을 때, 나는 수천 발의 흉탄이 내 가슴을 산산조각 내는 것보다 더 아픈 고통을 맛보았다. 그러면서 나는 한없이 후회했다. 그 옛날 야구장에 가자는 너의 소박한 소원을 들어주지 못했던 것을, 언젠가 누나와 싸운다고 너에게 호통친 것을. 그리고 나는 그때 깨달았다. 세상의 어느 누구보다도 너를 사랑한다는 것을. 그러나 어린 아들에게서 어머니를 빼앗아간 아비가 무슨 방법으로 사랑을 표현할 수 있겠는가.

주석이 무르익어갈 무렵, 중앙정보부장과 경호실장 사이에 마산과 부산 지방에서 일어났던 시위[15] 진압방법을 두고 언쟁이 벌어졌다.

"각하, 이따위 버러지 같은 자식을 데리고 정치를 하니 올바로 되겠습니까?"

중앙정보부장이 경호실장을 가리키며 대통령에게 소리친다. 다음 순간 중앙정보부장이 권총을 꺼내 경호실장을 겨냥해 방아쇠를 당긴다.

"탕!"

총탄은 오른손을 뻗어 중앙정보부장을 만류하려던 경호실장의 오른손 팔목을 꿰뚫는다. 경호실장이 놀라 외친다.

"김 부장, 왜 이래, 왜 이래……."

"무슨 짓들이야!"

깜짝 놀란 대통령이 자리에 앉은 채 호통친다.

"탕!"

자리에서 일어선 중앙정보부장이 총부리를 대통령의 오른쪽 가슴을 향한 채 방아쇠를 당긴다.

가슴에 총을 맞은 대통령이 옆으로 비스듬히 쓰러진다.

경호실장이 그 틈을 타 방에 딸린 화장실로 도망간다. 비서실장과 여가수와 여대생이 아연실색해 벌벌 떨고 있다. 중앙정보부장이 경호 실장의 등을 향해 권총을 겨눈다. 그러나 방아쇠가 꿈쩍을 않자 방문을 박차고 방을 나간다. 시간은 정확히 7시 41분을 가리키고 있었다.

대통령이 고개를 떨군 채 속으로 울부짖기 시작한다.

으, ……이게 무슨 꼴이냐? 아, 죽는구나. 탕아(蕩兒)[16]로 죽어가는구나……. 그것도 내가 키운 미친개한테 물려서 죽게 되다니…… 결국 내 인생이 이렇게 끝날 줄이야……. 그럴 수는 없다. 운명의 신이 티끌만한 자비심만 있더라도 내 인생을 이렇게 끝나게 하지는 않을 것이다.

운명의 신이여! 어디서, 어떻게 죽느냐가 군인의 운명. 전쟁터의 포화 속에서 전우와 같이 장렬한 죽음을 맞이할 수 없다면, 차가운 감방에서 고독 속에 최후를 장식할 수 있게 해다오. 그것도 자비로운 것이라면 노년의 병마를 마지막 전우로 삼아 젊은 시절을 회상하며 인생을 끝마치게 해다오.

아! 탕아로 죽게 되다니…… 이건 수치다. 견딜 수 없는 모멸, 영원히 지울 수 없는 낙인이다. 저주다. 하늘이 나에게 내릴 수 있는 최악의 조롱, 가장 잔인한 형벌이다. 왜 그런 수치와 저주를 받아야 하는가? 내가 왜? 무엇 때문에……. 알렉산드로스[17]는 정복 길에서 죽음을 맞이했고, 카이사르[18]는 상원의 복도에서, 나폴레옹[19]은 유배지 고도에서, 히틀러[20]는 벙커 속에서 죽음을 영접했다. 그런데 나는 아늑한 주석에서 두 젊은 여자 사이에서 탕아처럼 죽음을 맞이하고 있다.

음…… 뱃가죽이 조여드는 것 같다. 몸속의 피가 용트림을 하며 내 몸속에서 빠져나가고 있다. 아까울 게 없는 썩은 피. 산삼(山蔘)과 비싼 양주(洋酒)로 오염되었을 피. 과다한 산삼은 내 혈관에서 피가 거꾸로 돌게 했고, 과다한 양주는 내 진한 피를 오만함으로 물들였구나. 빠져나가라, 빠져나가라, 어서 빨리 빠져나가라. 썩은 피가 나가야 신선한 피가 생기지 않겠는가.

나는 조국의 썩은 피를, 패배감과 비열함과 사대주의에 물든 피를 젊음과 자신감으로 충만한 피로 갈아버렸다. 초가가 없는 농촌, 푸른 숲을 이룬 산, 용광로 속에서 타오르는 힘찬 불꽃, 조국 산야를 가로지르는 젖줄인 고속도로, 바다를 메워 만든 넓은 평야…… 이 모두가 조국근대화[21]와 민족중흥의 기틀이다. 나는 이 모든 것을 해냈다. 모든 사람들이 불가능하다는 것을 내 힘으로 해냈다. 대가리가 텅 빈 시정의 잡개들이 허망한 '자유'라는 허연 거품을 헐떡거리는 혓바닥으로 흘려내며 짖어 댔다. 그래도 나는 조금도 굽힘 없이 이루어놓지 않았더냐…….

그 순간 재임기간 동안 탄압을 받다 유명을 달리한 정치인들의 모습이 환영(幻影)으로 그의 눈앞에 나타난다. 그들의 꾸짖는 소리가 멀리서 들려온다.

"애초에 태어나지도 말았어야 할 그대가 어쩌다 세상에 얼굴을 내밀어, 국민에게는 치욕을 주고 부모에게는 피눈물을 뿌리게 했나? 돼지우리만도 못한 세상에 배불리 살아서 무엇하리. 그대의 무리들이 저지른 죄는 하늘이 용서치 않으리. 사람은 사람답게 자유를 누리며 살아야 하거늘……."

정치인들의 환영이 눈앞에서 사라지자 대통령이 그들을 향해 소리친다.

자유? 너희들이 짖어대는 자유란 도대체 무슨 자유란 말이냐? 비굴해질 수 있는 자유? 업신여김을 받을 수 있는 자유? 방종할 수 있는 자유? 배고플 수 있는 자유?

배고픔이 무엇인지 너희들은 모른다. 뱃속의 아이에게 굶주림의 고통을 주지 않기 위해 방앗공이[22] 밑에 배를 들이밀어 뱃속의 나를 지우려 했던, 내 어머니의 안타까움을 너희가 어떻게 알겠느냐? 그런 어머니의 심정이 가난이다.

개인의 영달을 위해 허망한 자유만을 부르짖는 무모한 자들을 잠재우기 위해 나는 내 주위에 미친개들을 키웠다. 경호실장, 중앙정보부장…… 모두가 미친개다. 역시 미친개를 겁내는 건 너희도 마찬가지다. 귀를 쫑긋 세우고 꼬리를 잘래잘래 흔들지 않았더냐……. 어디 그뿐이냐? 미친개들의 기분을 맞춰주기 위해 그 주위를 맴돌지 않았더냐? 결국 나도 미친개에게 물린 꼴이 되고 말았다. 미친개들을 좀 더 일찍 개집에 가두었어야 하는 건데…… 술독과 사치, 젊은 계집과 게으름을 먹고사는 개집 속으로 처넣었어야 하는 건데…… 언젠가는 그들을 잡아 가두려고 했었는데…… 좀 더 일찍 그렇게 못한 것이 천추의 한이 되고 말았구나.

뭐라고? 민주주의를 말살한 나는 용서를 받을 수 없다

고? 천만에. 사대주의 사상에 젖은 너희들이 부르짖는 미국식의 민주주의가 무엇인지 아느냐? 빈곤이요, 방종이요, 자포자기요, 마약이다. 백의민족[23]의 딸들이 한때 타국의 뭇 사내들의 노리개가 되었던 시절을 너희도 기억하고 있지 않느냐? 그 결과로 우리의 한반도는 무엇이 되었느냐? 매음의 하수구가 되지 않았더냐? 하수구에서 흘러나온 악취가 '민주주의'라는 탈을 쓰고 민족의 몸속에 파고들어 조그마한 자존심과 수치심마저 마비시켜 민족의 아들들을 뚜쟁이로, 민족의 딸들을 창녀로 전락시켰던 시절을 너희도 알고 있다.

21세기의 아시아 강국! 그곳은 바로 우리 민족이 어떤 희생을 치르더라도 점령해야 할 고지다. 미친놈들의 헛소리에 현혹되는 순진한 국민들. 그들을 너희 미친놈들로부터 보호하기 위해 나는 주위에 미친개들을 키워왔다. 미친놈들은 미친개한테만 겁을 내는 법, 다른 약이 없었다.

그런 미친개들이 내 주위를 맴돌던 어느 날이었다. 문득, 미친개들이 꼬리를 슬쩍 감추는 걸 보았고, 바로 나의 적이라는 사실을 깨달았다. 그들은 부패와 탐욕으로 얼룩져 있었다. 내가 제거하려고 했던 모든 것들이 바로 내 옆에서 은밀하게 자라나 권력의 더러운 숲을 이루고 있다는 것을 알았다. 나는 그들 서로가 물고 물어뜯어 서로가 서로를 죽이도록 했다. 미친개들만이 할 수 있는 짓이기에…… 아! 그러나 그 미친개한테 내가 물릴 줄이야…… 그 누군들 상상이나 할 수 있었겠느냐.

대통령은 가슴에 통증을 느끼는 듯 가슴을 움켜쥐며 나직이 독백을 계속한다.

아! 내 가슴에 통증이 찾아오는구나. "지도자의 능력이란 다른 사람에게 고통을 주되 자신은 그 고통을 느낄 수 없는 능력"이라는 말이 있다. 나도 이 참담한 고통을 견뎌내고, 참아내야 한다. 이대로 죽을 수는 없지 않은가. 김일성[24]을 두고 이대로 죽을 수는 없다. 이놈, 비곗덩어리 돼지만도 못한 이놈! 영수를 죽인 이놈! 아! 김일성보다 내가 먼저 죽다니…….

아! 영수처럼 불운한 여자가 이 세상에 또 있을까. 영수! 나는 사랑이란 것이 무엇을 뜻하는지 몰랐소. 당신이 내 곁을 떠날 때까지는 말이오. 나에게 있어 사랑은 외로움이요, 사랑은 미안함이요, 그리고 사랑은 어처구

니없게도 헤어짐이었소. 영원한 이별, 이승에서는 다시 만날 수 없다는 격절감(隔絶感), 그러한 헤어짐이 영수를 향한 나의 사랑을 일깨워주었소.

김일성의 사주를 받은 자가 쏜 총탄이 나를 피하고 당신의 머리를 꿰뚫었을 때 내가 무슨 생각을 했는지 아시오? 막은 올라갔고 관중이 있으니 연기는 계속되어야 한다는 생각뿐이었소.

나는 경축사를 읽어 내려가면서 머릿속으로는 수술을 받고 있을 당신의 생각보다 관중 앞에서, 텔레비전 카메라 앞에서, 시정의 잡개 앞에서, 미친개 옆에서…… 내가 어떻게 행동해야 할지를 궁리하고 있었소. 그 순간에도 다음 장면을 어떻게 연출해야 하는지를 계산하는 숙련된 배우가 되어 있었소. 당신도 알다시피 나폴레옹은 어느 장소에서, 어느 군중 앞에서, 어떤 말을 하고 어떻게 행동해야 하는지를 즉각적으로 알아차리는 탁월한 배우였소. 그가 전 유럽을 무대로 삼았다면 나는 비록 한반도 반쪽이 무대였지만, 나도 그처럼 행동하려 했소. 사람들은 태어날 때부터 '영웅 존경심리'를 갖고 있소. 그래서 열광적으로 섬길 영웅을 죽을 때까지 찾는 법이오. 그들의 영웅이 되기 위해, 그들의 '영웅 존경심리'를 만족시키기 위해 지도자는 연기를 해야 되는 거요.

나는 경축사를 다 읽고 난 다음 당신이 조금 전 앉았던 의자 옆에 흩어져 있는 흰 고무신 한 짝과 핸드백을 주워들고 의연한 표정을 지으며 식장을 빠져나왔소.

승용차에 올라탔을 때 당신이 앉았던 텅 빈 자리가 눈에 띄었소. 식장에 올 때까지 당신이 앉았던 그 자리가 내 가슴을 텅 비게 만들어서 눈을 감았소. 그리고 내 손에 들려진 당신의 흰 고무신 한 짝을 가슴에 꼭 껴안고 눈물을 흘렸소. 그것도 고개를 꼿꼿이 세운 채 말이오. 내가 왜 눈물을 흘렸는지 아오? 당신이 생사의 기로에서 있음을 알고도 거짓 연기를 해야 하는 내 신세가…… 너무나 한탄스러워서……. 정말 내가 가증스러웠소.

그 순간 주석에서는 정신을 가다듬은 여가수가 가슴에 총탄을 맞아 옆으로 쓰러진 대통령을 반듯이 일으켜 앉힌다.

"각하, 괜찮으십니까?"

여가수가 묻는다.

"나는 괜찮아."

눈을 감은 채 나직한 목소리로 대통령이 말한다.

"진짜 괜찮으십니까?"

경호실장이 화장실 문을 빠끔히 열어 고개만 내놓고 떨리는 목소리로 말한다. 대통령은 젊은 여인의 품에 안긴 채 머지않은 지나간 과거, 아내와 이별한 후 지금까지의 과거를 회상한다.

나를 감싸안은 젊은 여인의 향긋한 체취가 내 후각을 자극한다. 젊은 여인의 나신이 눈앞에 다가온다. 반듯이 누워 두 다리를 공중에 들고 있는 젊은 여인의 나신…… 조그마한 발, 공중에 들려 있는 연약한 다리, 그 다리를 버티게 하는 강인한 골반, 으스러질 것같이 가느다란 허리와 풍만한 가슴이 보인다.

그리고 그 중간에 있는 젊은 여인의 은밀한 곳, 왕관을 팽개치게 만들고, 피비린내나는 전쟁을 일으키게 하고, 천하의 성인을 천하의 악인으로 만들고, 일개 필부를 영웅으로 변화시키기도 하는 바로 그 내밀한 곳…… 악인과 선인, 범부와 영웅, 미녀와 추녀를 마음대로 만들어내는 곳…… 세상의 모든 변덕스러움이 도사리고 있는 곳…… 나 역시 그곳에 내 몸의 일부분을 맡기고, 뼈저린 외로움을 달래려고 안간힘을 써야 했다.

꼭 감은 여자의 두 눈 가장자리에 희열의 감정이 흐르고, 꼭 다문 여자의 입에서 흘러나오는 탄성이 내 귓전을 스쳐간다.

비록 순간의 착각이었다 해도, 그것은 나이와는 상관없는 외로운 남자의 휴식처였다. 그 무엇으로도 대체할 수 없는 위로였다. 혼자가 된, 나이 들어가는 남자의 변명일 수도 있지만, 나는 피할 수가 없었다. 반려자를 잃고 외로움에 방황하는 나의 피난처요 나의 안식처였으니 그 순간만은 모든 번뇌에서 해방될 수 있었다.

중앙정보부장이 쏜 총탄이 대통령의 가슴을 꿰뚫은 지 2분 후, 중앙정보부장이 새로운 권총을 손에 들고 들어선다. 화장실에서 나오는 경호실장을 향해 방아쇠를 당긴다. 경호실장이 쓰러진다. 비서실장은 구석에 붙어서 몸을 부들부들 떨고 있다.

중앙정보부장이 대통령 옆으로 다가간다. 여가수와 여대생이 혼비백산하여 방을 빠져나간다.

대통령의 상념이 계속 이어진다.

매콤한 화약 냄새. 그것을 앞세우고 보이지 않는, 만질 수 없는 죽음이 공기를 압축하면서 나에게 성큼 다가오고 있구나. 내 바로 앞에서 머뭇거리다 살짝 피해간 과거의 죽음은 화가 난 표정을 짓고 있었다. 그러나 지금 나에게 다가오는 죽음은 잔잔한 미소를 띠고 있구나.

내 머리 옆에 다가온 싸늘한 총구, 그리고 그 총구에서 뿜어나오는 화약 냄새…….

중앙정보부장이 대통령의 머리에 총구를 갖다 댄다. 방아쇠를 당긴다.

"탕!"

대통령의 뇌가 치명적으로 손상된다. 그의 영혼이 육체를 떠나고 있다. 경호실장은 숨을 거두었고, 육군참모총장이었던 비서실장이 경호실 직원 두 명과 함께 숨을 완전히 거두지 않은 대통령을 국군서울지구병원[25])으로 옮기려고 한다.

대통령의 독백이 계속된다.

내 영혼이 내 육체를 빠져나와 대기 속을 유영하고 있구나. 빠른 속도로, 편안한 마음으로……. 몸에 와 닿는 뭉게구름, 산뜻한 공기, 그리고 마음의 평화. 내 영혼이 잠시 머문다. 하늘에서 뻗어 내려온 돌층계가 보인다. 돌층계 맨 위에 빠끔히 모습을 보이는 옛 성곽 위의 지붕. 바람에 넘실거리는 연들처럼 층계 위를 오가는 형형색색의 구름 조각들, 마치 한 폭의 아름다운 그림 같다. 저 층계를 올라 세상을 내려다볼 수 있다면 얼마나 좋을까! 그래, 이곳에서라도 마지막으로 세상을 한 번 내려다보자…….

  북악산 기슭이 보이고, 청와대 전경이 한눈에 들어온
다. 그 근처 한곳에 있는 아담한 2층 양옥집 안가의 뜰
로 성급히 내려서는 세 사람이 보인다. 그중 어느 건장
한 사람의 등에 업혀 있는 왜소한 체구의 사나이…… 짧
은 순간과도 같았던 62년의 세월 동안 내 영혼이 머물러
있었던 육체로구나. 저토록 보잘것없고 볼품없이 병들어
있었단 말인가. 주색에 찌들고, 분노에 멍들고, 탐욕에
윤기를 잃고, 비루한 욕망에 퇴색된 내 영혼이 머물렀던
육체…… 개골창에 팽개쳐져도 안타까워할 사람이 하나
없을 정도로 볼품이 없구나.
  신이 자비를 베풀어 다음 생에 내 영혼이 머물 육체가
개돼지와 같은 동물의 그것이 아니고 또다시 인간의 몸
이라면, 나는 단호히 신의 은총을 거부하겠다. 부서지기
쉬운 나약한 인간의 육체보다 들판이나 산속을 마음껏
뛰어다니며 먹이를 찾아다니다가, 때가 되면 나보다 강
한 것의 먹이가 되어 뼈만 남기는 맹수이기를 바란다.

  아름다운 음률이 옛 성 쪽에서 들려온다. 아, 저기 누
가 층계를 내려오고 있구나. 검은색 도포를 입고 검은색

갓을 쓴 백발의 노인과 노인 뒤를 따라오는, 얼굴은 보이지 않으나 소복을 입은 여인이 보이는데…… 누구지? 구름이 그들의 모습을 가려서 분별이 되지 않는다. 답답한 마음을 누르면서 시선을 아래로 향해본다.

저 땅 위에서 등에 업힌 내 보잘것없는 육체가 내 차에 실리는구나. 내 공기를 마시고, 내 음식을 먹고, 내 여자와 동침했고, 내 삶을 살아온 그 하찮은 육체는 나와 전혀 관계없는 낯모르는 육체다. 뒷좌석 비서실장의 무릎에 놓인 허물어진 나의 육체, 그래도 영혼이 빠져나간 줄도 모르고 육체 속에 남은 피로 영수가 앉아 있던 바로 그 자리를 검붉게 물들이고 있구나.

피야! 더러운 피야! 빠져나와라, 빠져나와라, 한 방울의 피도 남겨두지 말고 너의 육신에서 흘러나와 의자를 적시고, 내 차를 잠기게 하고, 궁정동 안가를 휩쓸어버리고, 그래도 남은 것이 있다면 오늘 저녁을 영원히 너의 핏속에 가두어다오. 역사의 판관들이 찾아낼 수 없도록, 누구보다도 내 아들딸들의 귀와 눈이 듣거나 볼 수 없도록 내 핏속에 깊숙이 가두어다오.

비서실장! 김 장군! 그 육체의 등에 뚫린 총구멍을 왜 손으로 막느냐? 당장 손을 떼라. 제발 부탁이다. 김 장군! 그 육체는 이제 물러날 때가 된 것 같다. 지난 18년의 긴 세월 동안 그 육체는 '위기감'이라는 진흙탕 속을, '외세'라는 비바람 속을, '과욕'이라 불리는 늪지대 속을, 그리고 '냉혹'이라 일컬어지는 얼음판 위로 끌려 다녔다. 이젠 지칠 대로 지쳐버려서 더 이상 쓸모가 없어졌다.

뭐라고? 아직도 할 일이 많이 남아 있다고? 아니다, 그렇지 않다. 이제 우리의 조국은 '시대정신'[26]이 가리키는 길로 가야 한다. 바로 그 길로만 가면 된다. 1960년대는 절대빈곤으로부터의 탈출이 우리의 시대정신이었고, 1970년대는 '공산화의 방지'였다. 앞으로 다가올 1980년대는 '민주화', '번영 속의 민주화'가 시대정신이어야 하고, 1990년대는 세계화된 '문화시민 의식의 창달', 그리고 2000년대는 '선진국 진입'이 시대정신일 것이다.

뭐라고? 과욕이라고? 김 장군! 아직도 정신을 못 차리고 있구나. 선진국 진입에는 50년이면 충분하다. 50년 안에 선진국에 진입하지 못한다면 영원히 못하는 것이다. 선진국 진입 문턱에서 좌초한 국가들이 얼마나 많은지 아느냐? 일본을 보아라. 메이지 유신[27] 후 50년 만에 미개한 국가에서 서구 열강과 어깨를 나란히 할 수 있는 제국주의 국가로 성장하게 되었다. 일본 육사생도 시절이 나에게 가르쳐준 것이 있다. 그것은 일본이 할 수 있다면 우리는 더 잘할 수 있다는 것이다. 김 장군! 이 말을 우리의 젊은이들에게 꼭 전해다오.

김 장군! 김형! 눈물을 흘리지 마라. 너의 무릎에 놓인 가련한 육체를 내려다보고 눈물을 흘리지 마라. 그토록 한심한 육체가 안타까워서 눈물을 흘리느냐? 한 군인으로서, 한 남편으로서, 한 아버지로서 그 육체는 더러운 인생살이를 살아왔다. 전쟁터의 포화 속에 전우 옆에서 죽어야 할 군인이 젊은 여자들을 옆에 끼고 부하의 총탄에 피를 흘리며 비참한 죽음으로 인생을 끝내는 중이다. 착한 마누라를 만인이 보는 텔레비전 카메라 앞에서 흉탄에 피를 흘리며 젊은 몸으로 죽게 했다. 그리고 어린 자식을 홀로 남겨두고 버림받은 탕아로 횡사를 자초한 수치스러운 아버지로서 그 육체는 이제 이 험악한 세상살이를 끝마치려고 한다.

김 장군! 비서실장! 그래도 울음을 그치지 못하겠느냐? 그 남루한 육체를 둘러메고 당장 청와대로 들어가

라. 청와대 2층 내 침실 침대 위에 올려놓고 내 육신의 흔적이 남지 않도록 폭파해버린 다음 국민에게 말해다오. 국민의 사랑을 받던 대통령은 서기 1979년 10월 26일 밤 적군이 설치한 폭탄에 희생되어 62세를 일기로 세상을 하직했다고.

대통령은 잠시 침묵을 지키다가 갑자기 고개를 옆으로 돌려 누군가를 노려본다.

뭐라고? 후계자가 누구였으면 좋겠냐고? 비서실장! 조금도 걱정 말아라. 권력은 더러운 작부(酌婦), 가장 강하고 가장 잔인하고 가장 무자비한 자의 품에 안겨 연지 곤지 찍고 아양을 떨게 마련이다. 그자의 품에 안겨 거짓 신음으로, 간드러진 목소리로, 달콤한 속삭임으로 그자 몸속의 정자(精子)를 야금야금 은밀한 곳으로 받아 챙김으로써 서서히 그자를 무력하게 할 것이다. 그런 다음 그녀의 깊숙한 곳에서 곪은 정자를 그녀의 냄새 나는 그곳에 혀를 대는 자들의 입속에다 골고루 뿌려줄 것이다.

뭐라고? '유신(維新)'[28]은 하지 말았어야 했다고? 비서실장, 김 장군! 왜 그렇게 마음이 약한가? '유신'을 하지 않았다면 무슨 일이 일어났을지 상상이나 해보았느냐? 베트남 전쟁[29]에서 미국의 패전을 똑똑히 목격한 자들, 특히 약삭빠른 지식인들과 기회주의 장사꾼들의 속마음을 나는 똑똑히 보았다. 이제 한반도가 적화(赤化)의 다음 차례이니 김일성에게 일찌감치 점수를 따놓자는 지식인들과 여차하면 한몫 쥐고 외국으로 튀어버리겠다는 장사꾼들!

너는 모른다. 사이비 지식인들의 간사함을! 그들이 내세우는 민주주의는 겉치레일 뿐, 그들이 진정으로 맞이할 준비가 되어 있는 것은 김일성 치하에서라도 상아탑의 특혜만 누리면 된다는 심보이다. 아! 내 가슴이 터질 것 같다. 그들의 음흉스런 갈퀴에 또다시 순진한 젊은이들의 코가 꿰여 이리저리 잘못 끌려 다닐 세상을 상상해 보니 …… 가슴이, 가슴이 터질 것 같다.

뭐라고? 그래도 '유신'을 좀 더 일찍 끝냈어야 했다고? 끝내야 한다는 말은 맞다. 나 역시 계속할 생각은 추호도 없었다. 그러나 아직은 끝낼 때가 아니었다. 김 장군, 비서실장! 지난 7년의 '유신' 기간 동안 우리가 이루어놓은 것들을 되돌아보아라. 자주국방 의지는 확고히 세웠다고? 그래, 김 장군 말이 맞다. 우리의 국방을 외세에 맡기려는 나쁜 버릇은 없앴으니까. 그리고 그뿐만은 아니다. 경제 분야의 성과를 말하자면 그것과는 비교가 되지 않을 정도다.

뭐라고? 숫자는 큰 의미가 없다고? 아니, 장군을 지낸 사람이 어찌 그리 구닥다리 소리만 하느냐? 내가 국민에게 알려주고 싶었던 말이 있다. "추상적인 언어는 정치꾼들의 음모"라는 말이다. 오직 숫자만이 진실일 뿐이다.

지난 7년의 '유신' 기간 동안 어떤 변화가 일어났는지 아느냐? 뭐? 그런 사소한 숫자는 알 필요가 없다고? 아니다. 아주 잘못된 생각이야. 사소한 것에 신경을 써야 한다. 숫자가 중요한 것이다. 내가 알려줄 테니 국민에게 꼭 전해다오. 1인당 국민소득이 320달러에서 1,700달러로 증가했다. 드디어 한반도의 동체가 위대한 비행을 위해 이륙한 것이다. '선진국'이라는 신천지를 향해…… 그리고 그 신천지에서 드디어 '선진 한국'이 탄생되는 것이다. 바로, 바르고 밝은 사람들의 고향, '선진 한국'이 탄생되는 것이다.

비서실장! 김 장군! 무슨 짓이냐? 청와대 정문을 그냥 지나치다니! 어디로 가려느냐? 비서실장! 제발 부탁이다. 국군서울지구병원으로는 데려가지 말아다오. 그 육체는 이제 땅속 깊숙이 묻혀야 한다. 어떤 영혼도 그 육체 속에 머무르면 안 된다.

그 순간, 중앙정보부장은 권력을 장악하기 위한 행동을 취한다. 궁정동 안가의 한곳에서 기다리게 했던 육군참모총장에게 사실을 숨긴 채 '대통령에게 유고가 발생했다'며 계엄령 선포를 권한다. 육군참모총장의 건의에 따라 두 사람은 육군본부의 지하 벙커로 가게 된다. 대통령의 영혼은 독백을 계속한다.

남산이 보이는구나. 남산 기슭을 돌아 육군본부 영내로 들어가는 차가 보이는구나. 뒷좌석에 앉아 있는 중앙정보부장과 육군참모총장[30]이 보인다.

정 총장! 옆에 있는 자의 어리석음을 잘 보아두어라. 늙은이의 어리석음은 늙은이의 성욕이 주책없듯이 자기 분수를 망각하게 하고, 아첨에 귀를 기울이게 하며, 강한 자의 유혹에 쉽게 빠지게 하는 마력을 지니게 마련이다. 그자는 지금 치즈 냄새를 풍기는 '이아고'[31]의 비열한 거짓말에 넋이 빠져 조국의 자존심과, 민족중흥이라는 선물을 가져다줄 '핵(核)'[32]이라 이름 지어질 뱃속의 생명을 목 졸라 죽인 줄도 모르고 있다.

정 총장! 약삭빠른 미국의 변덕에 놀아날 우리의 후손들을 상상해보았느냐? 악랄한 일본의 횡포에 속수무책으로 당하는 우리의 후손들 모습을 그려보았느냐? 지금부터 1년 반 후면 세상에 얼굴을 내밀 '핵'이라는 옥동자, 그 아이는 한국의 모세가 될 수 있었다. 박해받는 유대인을 이끌어 이집트에서 탈출시켰듯이 우리의 치욕스러운 역사로부터 우리를 탈출시켜줄 아이였다. 중국과 일본 사이에서 오락가락하며 뚜쟁이짓을 해왔던 우리 역사로부터의 탈출 말이다.

그런데 이제는 이 모든 것이 허사가 되었구나. '이아고'로 변신한 교만한 미국인이나 야비한 일본인들이 내뱉는 달콤한 말에 넘어간 중앙정보부장의 어리석음 때문에…….

정 총장! 그렇다고 그들을 탓하지는 말아다오. 소련을 견제하려면 인류 역사에서 유일하게 원폭피해를 입은 일본을 우방으로 꼭 둬야 하는 미국의 입장을 이해하면 된다. 멀리 있는 강한 친구는 가까이 있는 강한 자를 견제하기 위해 우리에게 반드시 필요하다. 그리고 가까이 있는 강한 자는 또 다른 가까운 강자, 중국을 견제하기 위해 꼭 필요하다. 두 강대국, 일본과 중국, 두 거대한 기관차가 앞뒤에서 우리를 당겨주고 밀어주는 역할을 하게해야 한다. 정 총장! 이 말을 내가 후세의 지도자에게 남기는 충언으로 전해다오.

아! 안개가 나에게 몰려오고 있구나. 내 뺨에 닿는 산뜻한 안개의 촉감. 내 손으로 안개를 걷으리라. 검은 도포를 입은 노인이 돌층계를 내려와 내 앞에 성큼 다가서고 있다. 노인이 짓는 인자한 미소, 전쟁터에서 성한 몸으로 돌아오는 아들을 맞이하는 노모가 짓는 미소보다더 따스하고 살가운 미소. 저 미소가 품고 있는 관대한수용의 힘이 내가 세상에서 저지른 어떤 죄업도 용서한다고 말하고 있구나.

드디어 마음의 평화가 찾아오는 것 같다. 눈에 보이는모든 것들이 사랑스럽다. 이제야 손에 만져지는 모든 것들을 소중히 여길 자신이 생긴다. 노인이 손을 내미는구나. 저 손을 잡아야지. 어! 저 여자가 왜 저럴까? 뒤에서모습을 감추고 서 있던 소복을 한 여인이 갑자기 노인 앞에 무릎을 꿇고 앉는다. 나에게 내밀었던 노인의 손을 잡고 간절하게 애원을 하고…… 왜 그럴까? 아, 여자가 고개를 돌리는구나. 아아! 영수다!

"영수! 영수!"

영수가 나에게 가라고 손짓하는구나. 영수! 나는 다시
돌아가지 않겠소. 자식들이 어리다고? 어려도 별수 없
소. 난 돌아가지 않으리다. 나를 버리지 마시오. 영수,
당신한테만은 버림받을 수가 없소. 죽음도 구할 수 없는
고행 속에서 나를 구원해준 것은 악마와 천사의 만남, 바
로 우리의 만남이었소. 영수, 당신과의 첫 번째 만남은
눈과 눈의 마주침이 아니었소. 당신은 나의 뒷모습만을
보고 나를 택했소. 등을 구부려서 구두끈을 매고 있는 나
의 뒷모습을 보고 당신은 '남성답고 듬직하다'고 말했소.

영수! 당신의 순진함은, 당신의 고운 마음씨는 따스한
햇볕이 되어 망망한 대해의 몸부림치는 격랑을 잠재웠
소. 파산 직전에 있는 노후한 한 척의 배를 구해낸 것이
오. 당신의 아량은, 당신의 인내심은, 당신의 아름다움
은 한 송이의 가련한 목련이 되어 발광하는 악마를 시인
으로 변모시켰소. 그래서 나는 희망의 시를 썼소.

나의 모든 부족하고 미흡한 것은

착하고 어질고 위대한 그대의 여성다운 인격에
흡수되고 동화되고 정착되어
한 개 사나이의 개성으로 세련되고 완성하리[33]

이 시는 한 사람의 필부(匹夫)로서 남은 인생을 살며 인자한 아버지, 애정 어린 남편이 되겠다는 엄숙한 맹세였소.

아! 그러나 그 맹세는 애초부터 지킬 수 있는 성질의 것이 아니었소. 내 가슴속을 꽉 채운 꿈 때문이었소. 일본 육사 생도 시절에 시작된 그 야망은 우리 조국에 필요한 중화학공업을 일으켜 배고픔으로부터 영원히 탈출하자는 것이었소. 생도 시절에 견학한 중화학 공업단지에서 일본 국력의 원천이 무엇인지 알았기 때문이오. 그것은 용광로에서 타오르는 불꽃과 한없이 이어진 철 파이프의 미로였소.

정치 난봉꾼인 지주의 아들이나 파락호들은 엄두도 못 낼 일이었소. 그들은 조국의 가난을 운명으로 받아들였고, 농민 위에 군림하며, 배고픔을 경험하지 못했소. 그러나 농민의 아들인 우리 군인은 가난이 무엇인지 뼈저리게 느끼고 또 보아왔소. 거기다가 우리는 현대교육을 받은 유일한 집단이었소. 조국근대화를 이끌 의무가 주어진 거요. 그리고 그 무리의 맨 앞자리에 불행하게도 내가 서게 된 것이오.

아! 그러나 그게 쉬운 일은 아니었소. 천년이 넘도록 같이 잠자리를 한 패배주의자인 독사가 좀처럼 국민의 옆을 떠나려 하지 않았소. 밤이면 밤마다 그 독사는 국민의 이부자리로 파고들어와 그들 옆에 넌지시 드러누워 동침하기를 원했소. 그러곤 혀를 날름거리며 지껄이기 시작했소.

"너는 할 수 없어, 너는 패배자야, 너는 가난하게 살 수밖에 없어! 그게 네 운명이야!"

그때 나는 과거란 어떠한 현재도 지울 수 없는 끈질긴 상처라는 걸 알았소. 과거를 감출 수 있는 길은, 과거와 전혀 다른 미래를 창조하는 길뿐이라는, 바로 그 진실을 깨달았던 거요.

그래서 나는 그러한 미래를 창조하기로 결심했소. 보릿고개[34]를 모르는 농민들의 미래, 초가지붕이 없는 농촌의 미래, 거지와 빈민이 사라진 도시의 미래, 아시아의 군사 강국으로 발돋움한 조국의 미래, 푸른 들판으로 변한 조국 산야의 미래, 선박과 자동차를 만들 수 있는 조국 산업의 미래, 천시받는 국민이 아니고 존경받는 국민이 행복하게 살아가는 한국 국민의 미래…… 나는 이 모든 것을 조국근대화, 민족중흥, 자립경제, 자주국방이라 부르고, 과거라는 독사와 맞대결하기로 한 것이오.

나는 당신과 숨어 있던 둥지에서 움츠렸던 몸을 일으켜 칼을 빼고 혁명가를 부르며 독사에게 맞대결을 선포했고, 마침내 독사는 겁에 질려 땅속으로 기어들어갔소.

영수! 나는 독사에게 이겼소. 적어도 이기고 있다고 자부하고 있었소. 아! 그러나 그것은 성급한 자만이었소. 독사는 땅속에서 꿈틀거리다 다시 기어나왔소. '민주주의'를 외치면서 대중의 가슴속에 들어가 다시 둥지를 틀고 배신감을 잉태시키고 있었소. 사랑했던 순박한 처녀가 실제로 창녀라는 사실을 '선거'라는 진흙탕 속에서 알아냈소. 한 남자가 느끼는 배신감을 당신은 도저히 이해하지 못할 것이오. 설득할 수도 없고 잡을 수도 없는 환영, 그렇다고 무시할 수도 없는 수(數)의 힘을 가진 대중은 결국 고마움을 모르는 건망증이 심한 창녀와 같았소.

빈곤이라는 음탕한 생활로부터 구원받은 창녀는 그들의 구원자를 무시하고, 이제는 몹쓸 뚜쟁이들의 부추김에 속아 자유라는 더 깊은 오르가슴에 달하고 싶다며, 허망한 '자유'를 부르짖는, 힘센 젊은 남자에게 은밀한 유혹의 눈길을 보내고 있었소.

나는 외로움에 시달리기 시작했소. 고독은 지루함으로 이어졌고……. 배신당한 남자가 지루함에 빠질 때 무엇을 원하는지 아시오? 전쟁이오. 나는 전쟁을 원했소. 대포 소리, 비행기 소리, 신음 소리, 피비린내…… 세상의 모든 것이 정지된 그 순간은 외롭고 무료한 남자의 가슴에 평온을 가져다주었소.

대통령은 순간 힘이 치솟는 듯. 불끈 쥔 두 주먹을 앞으로 내밀며 독백을 시작한다.

'유신'은 내가 선택한 전쟁이었소. '유신'의 대군을 이끌고 전쟁터로 나가 빈곤이라는 적을 무찌르는, 인류 전사(戰史)에 영원히 기록될 전쟁 영웅이 되기로 결심했던 것이오.

나는 시끄럽게 떠드는 모든 사람을 적으로 만들었소, 그러나 보이지 않는 그늘에서, 침묵을 지키고 있는 대중을 나의 친구로 받아주었소. 그들이 나에게 보내는 뜨거운, 하늘이 무너져내리는 듯한 박수 소리를 듣고 있었소. 잠이 찾아올 줄 모르는 깊은 밤이면 나는 그들의 박수 소리를 들으며 잠들려고 애썼고, 그들의 얼굴을 눈앞에 그리며 미소를 짓곤 했소.

나는 시끄러운 자들을 냉정하게 잠재웠소. 그러나 그들 영혼의 눈길은 어찌할 수 없었소. 지금도 그 원망의 눈초리가 예리한 칼날이 되어 나의 가슴속을 후벼 파고 있소. 일생을 울분 속에 보낸 원망의 눈초리, 동포의 잔인함에 생의 의욕을 잃어버린 멍한 눈길, 컴컴한 지하실에서 동료들에게 당한 수모에 치를 떨고 있는 젊은이들의 공포에 질린 눈길, 아들을 잃은 어머니가 가슴을 쥐어뜯으며 보내는 절규의 눈길, 눈길들이…….

어머니의 절규하는 눈길이 멀어지면서 검은 상복을 입은 어머니들의 모습으로 변한다. 머리를 풀어헤친 채 두 주먹을 높이 치켜들고 절규한다.

"그대에게 저주가 내리리! 세상에서 가장 잔인한 저주가 내리리! 그대 영혼에게 고통을 주리다. 내가 받은 고통의 수천 배의 고통을……. 기나긴 밤 아들 모습을 그리는 어머니의 심정이 어떠한지 아느냐? 저주, 저주, 저주…… 세상에서 가장 무서운 저주가 그대의 자식에게 내릴 것이다."

대통령이 그들을 향해 소리친다.

"그대들에게 간절히 애원하나니…… 제발, 내 아들만은 그냥 내버려다오!"

필부의 아들로 태어나지 못한 내 아들…… 오늘 저녁도 가족과 떨어져 육사의 싸늘한 막사에서 흉탄에 빼앗긴 어머니를 꿈꾸며 잠들어 있을 내 아들은 그냥 내버려두시오. 대신 그대들이 내민 복수의 칼날 앞에 내 앞가슴의 가죽을 벗기고 시뻘건 심장을 서슴없이 갖다 대겠소. 제발 내 아들만은 그냥 내버려두시오!

영수! 어디로 가는 거요? 우리의 자식에게 저주를 퍼붓는 그들을 따라간단 말이오? 제발, 그들과 같이 가지 마오. 왜 나를 두고 혼자 가려는 거요? 어서 와 내 손을 잡아주오. 나를 당신이 있는 곳으로 끌어주오. 왜 날 버리려는 거요? 뭐? 뭐라고? 무슨 말을 하는 거요? 아, 알겠소. 당신이 시키는 대로 하겠소. 지상으로 내려가 마지막 말을 남기고 당신 뒤를 따라가겠소.

내 영혼이 지상으로 천천히 내려가고 있구나. 차 속에 실려 있는 내 육체를 찾아서.

비서실장! 네 품속은 따뜻하고 네 무릎은 몹시도 포근하구나. 눈물을 거두어라. 마지막 말을 남기기 위해 내가 다시 내 몸속에 돌아왔다. 네 가슴속의 분노를 풀어라. 김 부장이 오히려 내 고통을 끝내주었다. 이 세상에 존재하는 것은 그것만으로도 나에게는 모진 고통이었다. 그 고통에서 이제는 나도 해방되어야겠다. 비서실장! 이제부터 내가 남기는 마지막 말을 한 자도 빠뜨리지 말고 전해다오.

역사여! 냉혹하고 잔인한 역사여! 이 말을 내가 그대에게 남기는 마지막 부탁으로 이해해다오. 사랑하는 아내의 가슴에 흉탄을 박아 피를 쏟게 했고, 그래서 외로운 생애를 살다가 어린 아들을 남겨놓고 흉탄으로 인생을 끝마쳐야 하는 불쌍한 독재자의 기구한 운명을 너무 가혹하게 다루지는 말아다오. 이제 내가 국민에게, 조국에, 조국의 산야에, 조국의 역사에 바라는 것은 망각(忘却)이다. 사랑하는 역사에 버림받고서도 자기를 미워하지는 말아달라고 애원하며 비는 불쌍한 남자로만 기억해다오.

정치꾼들아! 거간꾼들을 동원해 장터를 벌여놓고 민주주의란 허망한 단어로 착하고 어진 국민들의 땀에 젖은 돈을 후려뜯으려는 그대들! 이것을 내 마지막 경고로 엄숙히 받아다오. 그대들끼리 물고 물어뜯기는 아수라장 노름판에 대해서는 내가 뭐라고 하지 않겠다. 하지만 그 판에 순박한 사람을 끌어들여 타락시키지는 말아다오. 그 약속만 지킨다면 다른 것은 눈감아주겠다. 그러니 제발 민족의 장래와 민족의 고통을 판돈으로 걸지는 말아라.

그대들의 입에서 어떤 미사여구가 청산유수처럼 흘러나와도, 그대들의 몸가짐이 어떤 기막힌 연기를 해나가더라도 그대들 가슴속에 숨겨져 있는 고약한 심보는 언젠가 드러날 것이다. 오직 배고픔 때문에 외국인들 앞에서 수치심도 잊어버리고 옷을 훨훨 벗어던졌던 민족의 어린 딸들을 기억해보았느냐? 멀쑥한 양키들 앞에서 과자부스러기를 달라고 손을 내밀어야 했던 민족의 아들들을 한 번이라도, 단 한 번이라도 생각해보았느냐? 역사는 변덕스러운 것, 역사가 또다시 미쳐버려 그대들을 벌하지 않는다면, 서글픈 부모가 짓는 한숨이 대지를 뒤집는 회오리바람이 되어 그대들 정치꾼들의 더러운 육체를 세상 밖으로 내던져버릴 것이다.

착한 사람들이여! 이것을 내 작별의 말로 받아들여다오. 나 때문에 고통을 받았던 사람들 그 누구이든 간에, 고통스럽게 죽어가는 외로운 통치자의 서글픈 임종을 기억해다오. 그것으로도 부족하다면 당신들이 주는 그 어떤 원망과 저주도 저승에서나마 기꺼이 받아들이겠다. 그리고 먼 훗날, 그곳에서 아시아의 강국으로 성장한 한반도를 내려다보며 맛볼 수 있는 기쁨이 있다면 그 기쁨을 너희들 모두에게 돌려주겠다.

내 딸들아![35] 착하게만 자란 너희들! 이 험한 세상에 너희들을 내팽개치고 떠나야 하는 이 아비의 비통한 심정을 어떻게 말로 표현할 수 있겠느냐. 이 몹쓸 아비를 마음껏 꾸짖어다오. 아! 가슴이 찢어지는 아픔, 이 통증이 영원히 지속되는 벌을 받고 싶구나. 내 생명과 세상의 그 어떤 명예와도 비교할 수 없이 소중한 너희들, 세상의 어느 자식들보다 아버지를 사랑한 너희들, 그런 자식들을 천애의 고아로 만든 이 아비가 너희들에게 할 수 있는 말은 미안하다는 말밖에 없다.

그러나 이 못난 아비를 잊어버리고 열심히 꿋꿋하게 살아다오. 그래서 내세(來世)가 있다면—분명히 있어야 한다—나는 거기서 밀짚모자에 소매와 바짓가랑이를 걷

어붙이고 논을 일구고 밭을 갈며 낮을 보내다가, 해가 지면 쇠죽을 쑤고, 밤이면 물레를 돌리는 어머니 옆에서 새끼를 꼬며 너희들이 올 때를 기다리겠다. 그리고 그때부터 세상의 어느 아버지보다 훌륭한 아버지가 되겠다고 너희들에게 약속하마.

아들아! 너의 존재는, 비록 내 옆에 있지는 않았지만, 내겐 두려움을 극복하는 힘이었고 원동력이었다. 너는 항상 내 머릿속에 똬리를 틀고 앉아 의연한 음성으로 나를 움직여왔다. 네가 살아가야 할 조국의 미래를 위한 것이라면 나는 내 생명을 한줌의 흙으로 바꾸는 데 서슴지 않았고, 너에게 명예를 유산으로 남길 수 있다면 그 어떤 혹독한 고통도, 천하가 공노할 그 어떤 잔인함도, 그 어떤 비굴함과 간교함도 받아들일 각오가 되어 있었다.

아! 내 조그마한 심장이 수백 수천 갈래로 갈라터져 온몸의 피가 목구멍으로 치받아 올라온다. 내 입에서 흘러나오는 피로 너에게 미안하다고, 이 못난 아비를 용서해달라고, 메마른 대지 위에 쓸 수만 있다면!

가여운 아들아! 그러나 역사가 아무리 변덕스럽고 가

혹하다 하더라도 이 사실만은 부정하지 못할 것이다. 조국의 헐벗은 산을 푸르게 만들었고, 조국의 농촌에서 초가지붕을 몰아냈으며, 조국의 농민들에게서 보릿고개라는 단어를 영원히 지워버렸다는 사실을…… 언젠가 때가 되면, 그때가 언제가 될지는 몰라도, 나의 야망이, 나의 집념이, 나의 냉정함이 풍요로움의 원천이 되었다고 이해하는 사람이 등장할 것이다. 그때가 되면, 내 아들아, 아버지·어머니를 흉탄에 빼앗기고 고아가 되어버린 너의 고통도 한 가닥 흐뭇한 추억으로 회상할 수 있게 될 것이다. 불쌍한 아들아! 이 말을 내가 너에게 남기는 마지막 말로 받아들여다오. 너를 누구보다 사랑하는 아비가 용서를 빈다는 말을.

김 장군! 과묵(寡默)을 방패로 삼고 살아온 내가 너무 혓바닥을 많이 놀린 것 같구나. 혓바닥은 항상 화를 자초하게 마련! 이젠 나를 영수에게로 보내다오. 그래도 시간이 있다면 세월을 거꾸로 돌려 '모래실'[36]에서 보낸 내 어린 시절로 보내다오. 마지막으로 내 어린 시절을 보낸 고향을 보고 싶구나. 모래실의 초가지붕에서 흘러나오는, 5천 년 동안 계속되는 가난의 한숨 소리가 지금도 들리는 것 같다.

'모래실'의 봄은 항상 마을 뒤쪽 재실(齋室) 옆 묘지 잔디밭에서부터 시작되었다. 따사로운 햇볕에 얼었던 땅이 녹으며 폭신해진 잔디밭 위에서 동네 아이들 틈에 끼여 활을 쏘며 병정놀이를 하고 있는 어린 소년의 모습이 눈에 선하다. 어둠이 다가와 비지땀을 흘릴 때쯤이면 허기진 배를 움켜쥐고 집으로 돌아온 소년에게 어머니가 차려주는 나물죽 한 사발은 언제나 꿀맛이었다.

'모래실'의 여름은 모래실의 소년들에게 활력을 불어넣어주었다. 느티나무 밑에 멍석을 깔아놓고 장기를 두고 있는 노인들의 모습을 멀리서 지켜보며 냇가에서 미역을 감느라 텀벙대는 벌거숭이 소년들에게 여름은 어른들의 엄한 감시의 시선으로부터의 해방을 의미했다.

'모래실'의 가을은 모래실의 소년들에게 때때옷과 먹을 것을 선물해주었다. 벼이삭으로 뒤덮인 들판 사이를 하나, 둘, 하고 일렬로 걸어다니다가 해질 무렵 집으로 돌아와 어머니의 미소를 대하면 소년은 투정을 부리고 싶어졌다.

'모래실'의 겨울은 얼어붙은 논 위로 쌩하고 썰매를 지치고 싶을 때면 영락없이 찾아와주었다. 그것은 모래실의 소년에게 쇠고깃국과 흰쌀밥을 의미했다. 어느 설날, 쇠고깃국과 흰쌀밥으로 포식한 후 때때옷을 입고 골목에서 제기를 차고 있는 소년이 보인다.

아! 모래실의 가난이 그립구나. 그곳에서의 가난은 나를 이토록 외롭게 내버려두지는 않았다.

그 순간 대통령과 비서실장이 탄 차는 국군서울지구병원 정문에 도착한다.

"정지!"

경비병이 소리치며 막아선다. 비서실장이 차창을 내린다.

"나, 대통령 비서실장이다. 빨리 통과시켜라."

비서실장의 고함에 경비병이 경례를 한다.

"충성! ……통과!"

비서실장이 손목시계를 본다. 정확히 7시 55분을 가리키고 있다. 대통령이 마지막으로 숨을 거둔 순간이었다. 중앙정보부장이 쏜 총탄이 대통령의 가슴을 꿰뚫은 지 14분 만이었다.[37]

편집자 주

1. 5 · 16 쿠데타

1961년 5월 16일 새벽, 육군 제2군 사령부 부사령관 박정희 소장과 육사 3~5기생 주도세력은 장교 250여 명과 사병 3,500여 명의 쿠데타 세력을 이끌고 한강을 건너 방송국을 비롯한 서울의 주요 기관을 점령했다. 이들은 군사혁명위원회를 조직해 입법권 · 사법권 · 행정권의 3권을 통합 · 장악하고 정변의 성공과 6개항의 '혁명 공약'을 발표했다.

이들은 미국 정부의 신속한 지지 표명, 장면 내각의 총사퇴, 대통령 윤보선의 군사정변 인정 등에 힘입어 쿠데타의 합법성을 주장했다. 쿠데타 세력은 군사혁명위원회를 국가재건최고회의로 개칭하고 3년간의 군정통치에 착수했다. 이들은 핵심적인 권력기구로 중앙정보부를 설치하고, 이를 근간으로 민주공화당을 조직했다. 새로 구성될 민간정부를 장악하기 위해 헌법을 개정했으며, 1963년 10 · 11월의 양대 선거에서 승리하면서 제3공화국을 출범시켰다.

2. 중앙정보부

1961년 5월 20일, 5 · 16 군사쿠데타의 주체들이 주도해 군사정

부 최고 의결기구인 국가재건최고회의 산하에 설치한 정보기관이
자 수사기관이다. 국가의 안전보장에 관련되는 정보·보안·범죄
수사에 관한 사무를 담당하기 위한 대통령 직속 기관이다. 1980년
국가안전기획부로 확대·개편되었고, 정부의 사회통제 중추기관
으로서 정보독점을 기반으로 국가의 중요 정책 결정 및 집행에서
핵심적인 역할을 담당했다. 하지만 군사독재정권 이래 불법적으로
국내 정치에 개입하고 인권을 유린함으로써 국민적 비판의 표적
이 되기도 했다. 1999년 국가정보원으로 개칭되었다. 국가 안보에
따른 많은 업무 수행이 기밀에 싸여 있어 정치적 중립이 강조되고
있다.

3. 안가(安家)

안전가옥의 줄임말로, 청와대·중앙정보부 등 정부기관이나 특
수정보기관에서 행정이나 수사의 비밀을 유지하기 위해 사용하는
일반가옥을 말한다. 10·26 사건의 현장이 된 안가는 서울 종로
구 궁정동에 위치해 있었는데, 중앙정보부장 집무실이 있던 본관
과 10·26 사건 당시 만찬장이었던 '나'동(2층 양옥집), 구관, 신관,
'다'동 총 5개의 건물로 구성되어 있었다. 1993년 김영삼 대통령은
취임하자마자 이곳에 대한 부정적 이미지를 없애기 위해 허물고
공원으로 바꿨다. 박정희 시대의 중앙정보부 안가는 궁정동 포함
모두 12채가 있었던 것으로 알려져 있다.

4. 박정희(1917~1979)

한국의 제5~9대 대통령. 육군 소장이었던 1961년에 5·16 군사쿠

데타를 주도한 후 정권을 잡았다. 1972년 10월 유신헌법 선언 등을 통해 18년간 장기집권하다 1979년 10월 26일 중앙정보부장 김재규의 저격으로 서거했다. 대통령 임기 중 경제개발 5개년계획 및 새마을운동 등을 통해 조국근대화 및 경제발전을 기록적으로 이룩했다는 것이 대표적인 업적으로 평가되고 있다.

5. 김재규(1926~1980)

10 · 26 사건 당시 중앙정보부장. 1954년 제5사단 제36연대장, 1957년 육군대학 부총장, 1963년 제6사단장, 1966년 제6관구 사령관과 방첩대장, 1969년 육군보안사령관, 1971년 제3군단장 등을 거친 뒤 중장으로 예편했다. 5 · 16 군사쿠데타 직후 군정하에서는 호남비료 사장을 역임했다. 1973년 유신정우회 소속으로 제9대 국회의원이 되어 정치에 입문했다. 1974년부터 1976년까지 건설부 장관을 역임하며 한국기업의 중동진출 과정에 크게 기여했다.

1976년 12월 중앙정보부장에 임명되었고, 박정희 대통령의 측근에서 정보수집과 내정수습의 임무를 수행했다. 그러나 1979년 와이에이치(YH)무역 여공농성사건, 신민당 총재 김영삼의 의원직 박탈사건, 부마항쟁 등의 정국 불안사건 등을 접하면서, 대통령 경호실장 차지철과의 갈등이 증폭되자 정권의 정당성에 대한 회의를 갖게 되었다. 1979년 중앙정보부 직속부하인 박선호 · 박흥주 등과 모의해 이른바 10 · 26 사건을 감행해 박정희 대통령과 차지철 경호실장 등 6명을 살해했다.

1979년 10월 27일 합동수사본부장 전두환에 의해 체포되었고, 내란목적살인 및 내란미수죄로 사형선고를 받고, 1980년 5월 24일

사형이 집행되었다.

6. 차지철(1934~1979)

10 · 26 사건 당시 박정희 대통령의 경호실장. 1961년 대위로서 5 · 16 군사쿠데타에 가담한 후 박정희의 신임을 얻어 정치에 입문했다. 1962년 육군 중령으로 예편한 후 민주공화당 국회의원을 지냈다. 35세이던 1969년 국회 외무위원회에서 의정사상 최연소 상임위원장이 될 정도로 박정희의 신임이 두터웠다.

1974년 문세광의 육영수 저격사건으로 물러난 박종규의 후임으로 대통령 경호실장으로 취임했다. 월권행위로 인해 대통령 비서실과 중앙정보부와의 마찰이 잦았고, 재야와 야당 문제에 강경 대응했다. 김영삼 신민당 총재 의원직 제명을 주도하고, 1979년 10월 부마항쟁이 일어나자 강경진압을 주장하고 공수여단 투입을 주도했다. 당시 최고 권력자였던 박정희를 사이에 놓고 중앙정보부장 김재규와 대립하게 되면서 지배권력의 분열을 초래했다. 결국 1979년 박정희 대통령이 김재규에 의해 피살될 때 경호실장으로 현장에 있다가 함께 살해당했다.

7. 김계원(1923~2016)

10 · 26 사건 당시 박정희 대통령의 비서실장. 1946년 군사영어학교 1기로 육군 소위로 임관했다. 같은 해 1946년 대한민국 육군 중위로 진급했고, 그 후 1969년 육군 대장으로 예편했다. 육군참모총장과 중앙정보부장을 맡았다. 그 후 국회의원 출마를 거부하고 대만 주재 대사를 지냈다.

1978년 12월 대통령 비서실장으로 임명되었는데 재직중 1979년 10·26 사건에 관련되어 육군 보안사령부로 끌려가서 심문을 받았다. 군법회의 재판에 회부되어 내란목적살인 및 내란중요임무종사미수죄로 사형을 선고받았다. 또한 예비역 육군대장으로 이미 예편한 상태였지만 신군부 세력에 의해 보충역 이등병으로 정정되었다. 이후 무기징역형으로 형량이 감형되었고, 1982년 5월 형집행정지로 석방된 후 1988년 특별사면을 받아 복권되었다. 그해 12월 예비역 장군 자격을 회복했다. 2016년 숙환으로 타계했다.

8. 여가수(심수봉, 1955~)

한국의 1세대 여성 싱어송라이터. 1978년 MBC 대학가요제에 출전, 〈그때 그 사람〉으로 큰 인기를 얻었다. 1979년 궁정동 연회장에 초청되어 노래를 부르다가 10·26 사건에 휘말리며 고초를 겪었다. 수사 진행 결과 무죄로 판결이 났지만 정치적 상황 때문에 방송금지 조치를 당하고 정신병원에 끌려가는 등 갖은 핍박을 당했다. 1984년 방송금지 조치가 해제되자, 〈사랑밖에 난 몰라〉〈남자는 배 여자는 항구〉 등의 히트곡을 연이어 발표했다.

9. 여대생(신재순, 1957~)

모델로 활동하던 대학 재학 시절 10·26 궁정동 연회에 참석했다가 박정희 시해사건에 휘말려 고초를 겪었다. 궁정동 연회 중에 김재규가 박정희와 차지철을 저격했던 현장에 있었기 때문에 신재순은 졸지에 역사적 사건의 중요 증인으로 부각되었다. 이후 증언을 위해 법정에 수시로 들락거렸고, 무성한 루머와 주변의 시선이 부담스러워 결국 미국으로 이민을 떠났다. 후에 자전적 소설 『그 곳에 그녀가 있었네』를 집필했다.

10. 8 · 15 광복절 경축일

1945년 8월 15일, 한국이 일제의 강점에서 벗어나 광복을 맞은 날을 기념하기 위해 국경일로 삼고 매년 경축하고 있다. 1974년 8월 15일 오전 10시 서울 장충동 국립극장 대극장에서 열린 광복절 기념식장에서 육영수는 박정희 저격 미수 사건으로 인해 재일 조총련계 문세광에게 암살당했다.

당시 연설문을 읽고 있던 박정희를 저격하려 했으나 오발로 미수에 그쳤고, 바로 경호실장 박종규가 연단으로 총을 들고 뛰쳐나왔다. 두 번째 총탄이 대통령 앞 연대를 맞췄으나 대통령은 연대 뒤로 몸을 숙였다. 그리고 세 번째 총탄으로 연단 오른쪽에 앉아 있던 육영수가 희생되었다. 문세광은 4개월 후 사형에 처해졌다.

11. 육영수(1925~1974)

대통령 박정희의 부인. 1950년 전란으로 부산에 피란 중일 때 육군 중령 박정희와 혼인해 슬하에 근혜 · 근령 · 지만 등 1남 2녀를 두었다. 1961년 박정희가 5 · 16 군사쿠데타를 주도해 성공한 뒤 1963년 10 · 15 총선에서 5대 대통령에 당선되고 또 연임됨에 따라 대통령 영부인으로 11년간 내조했다.

남산에 어린이회관을 설립했으며, 서울 구의동 일대에 어린이대공원을 조성했다. 정수기술직업훈련원 설립을 비롯해 재해대책 기금 조성과 정신박약아돕기운동 등 사회복지사업에 주력했다. 1974년

8·15 광복절 기념식이 열린 국립극장 단상에서 박정희를 노렸던 재일 조총련계 문세광에게 저격을 당해 49세의 나이로 세상을 떠났다.

12. 방울이

박정희 대통령이 청와대에서 키우던 스피츠종 반려견. 박 대통령이 항상 데리고 다녔던 것은 물론이거니와 직접 방울이의 모습을 그림으로 그리거나 더우면 부채질을 해줄 정도로 귀여워했다. 육영수 여사가 서거한 뒤 박 대통령의 머리맡을 지켰으며, 이후 박 전 대통령이 서거하자 낑낑대며 울거나, 박 대통령의 슬리퍼를 깔고 잘 정도로 못 잊어했다고 전해진다.

13. 박지만(1958~)

박정희와 육영수 사이의 외아들로 박정희 사망 당시 21세였다. 육군사관학교를 제37기로 졸업한 후 5년간 포병장교로 복무했으며, 교통사고 후유증으로 1986년 육군 대위로 예편했다. 젊은 시절에 부모를 모두 여읜 충격을 받아서인지 마약 투약으로 6번 입건되어 5차례 유죄 판결을 받는 등 한동안 심하게 방황하는 모습을 보였다. 박태준의 후견으로 1991년에 삼양산업을 인수했으며, 현재 상호변경된 이지(EG)의 회장으로 있다.

14. 필부

신분이 낮고 보잘것없는 사내.

15. 부마민주항쟁

1979년 10월 16일부터 20일까지 부산과 경남 마산시(현 창원시)에서 유신 체제에 대항해 일어난 항쟁을 말한다. 10월 16일에 부산대학교 학생들이 '유신 철폐' 구호와 함께 시위를 시작했다. 다음 날인 17일부터 시민 계층이 자발적으로 참여하기 시작했고, 18일과 19일에는 마산 지역으로 시위가 확산됐다.

박정희 유신 정권은 10월 18일 0시를 기해 부산에 계엄령을 선포하고, 66명을 군사재판에 회부했다. 또 10월 20일 정오에 마산 및 창원 일원에 위수령을 선포하고 군을 출동시킨 후 민간인 59명을 군사재판에 회부했다.

16. 탕아

술, 성적 쾌락, 노름 따위에 과도하게 빠져 바르게 살지 못하는 사내.

17. 알렉산드로스(Alexandros, 기원전 356~323)

고대 그리스 북부의 왕국 마케도니아의 아르게아다이 왕조 제26대 군주. 알렉산드로스는 유년기부터 16세가 될 때까지 아리스토텔레스에게 가르침을 받았고, 20세에 왕위에 올라 그 이전까지 고대 서양에 전례가 없던 대제국을 건설했다. 역사상 가장 성공한 군사 지도자 중 한 사람으로 평가되고 있다.

그리스 여러 도시 국가와 오리엔트 지방에 대한 공격적 팽창으로 패권을 잡은 후 마케돈의 바실레우스(군왕), 코린토스 동맹의 헤게몬(패자), 페르시아의 샤한샤(왕중왕), 이집트의 파라오를 겸임하고 스스로를 '퀴리오스 티스 아시아스(아시아의 군주)'라고 칭했다. '세계의 끝'을 보겠다는 열망으로 알렉산드로스는 기원전 326년 인도를 침공했으나 병사들의 반발로 회군했다. 바빌론을 제국의 수도로 삼기 위한 개발을 추진했다. 기원전 323년, 알렉산드로스는 계획했던 아라비아 반도 원정을 시작하지 못한 채 바빌론에서 열병으로 급작스럽게 사망했고, 그의 사후 페르시아는 치열한 내전 끝에 삼분되고 말았다.

18. 율리우스 카이사르(Julius Caesar, 기원전 100~44)

로마의 장군, 정치가, 작가. 로마 공화국이 로마 제국으로 성장하는 데 중요한 역할을 했다. 폼페이우스·크라수스와 3두동맹을 맺고 로마의 최고 관직인 콘솔이 되어, 국유지 분배법안 등으로 민중의 지지를 얻었다. 기원전 58~52년 갈리아를 정복해 로마 제국의 영토를 북해까지 넓혔으며, 기원전 55년에는 브리타니아 침공을 감행했다.

이러한 공훈 덕분에 카이사르는 강력한 세력가로 입지를 굳혀 폼페이우스를 위협하게 되었으며, 카라이 전투에서 크라수스가 전사하면서 삼두정의 두 정치가 사이에 긴장이 높아졌다. 이렇듯 로마 정계가 재편되면서 카이사르와 폼페이우스는 서로 대치하게 되었다. 폼페이우스는 원로원의 대의를 내세웠지만 카이사르는 자신의 군단으로 하여금 루비콘 강을 건너게 하는 결단을 내려 기원전 49년에 내전이 일어났다. 파르살루스 전투, 탑수스 전투 등에서 승리한 카이사르는 로마 세계에서 무소불위의 권력자로 등극했다.

정권을 장악한 뒤 그는 로마의 정치·경제·사회 등 모든 분야에서 대대적인 개혁을 실시했다. 그는 공화정의 귀족정치를 고도로 중앙집권화했으며, 자신을 종신독재관으로 선언했다. 기원전 44년 3월 15일에 공화정 복고를 꿈꾸는 브루투스가 이끄는 일군의 원로원 의원들에 의해 암살당했다.

19. 나폴레옹(Napoléon, 1769~1821)

프랑스 제1공화국의 군인이자 1804년부터 1814년, 1815년까지 프랑스 제1제국의 황제. 코르시카섬의 하급 귀족 가문 출신의 군인으로 프랑스혁명 시기에 전쟁에 참가해 공을 세웠고, 쿠데타 이후 제1통령, 종신통령, 황제 나폴레옹 1세가 되었다. 샤를마뉴 이후 프랑스 최초의 황제로서 그가 남긴 『나폴레옹 법전』은 전 세계의 민법에 영향을 미쳤다. 또한 그는 군사적으로 현대전에까지 영향을 끼쳐 전술과 전략, 훈련, 조직, 군수, 의복, 포상제도를 발전시켰다. 그의 프랑스 육군은 효율적으로 조직된 군대로 평가된다.

19세기의 첫 10년 동안 나폴레옹이 이끄는 프랑스 제국은 전쟁을 주도했다. 유럽의 강대국들을 상대로 많은 승리를 거두었으며, 이를 통해 프랑스가 유럽의 지배적 자리에 오르게 만들었다. 이후 나폴레옹은 유럽의 각국들을 분할하고 서로 견제하게 만들었고, 자신의 측근들과 친척들이 유럽 다른 나라들을 통치하게 해 프랑스의 위상을 유지했다.

하지만 게릴라전을 펼치는 스페인 무장시민들의 끈질긴 저항과 1812년의 러시아 원정 실패는 나폴레옹의 삶을 완전히 바꾸어놓았다. 그의 육군은 스페인과 러시아에서의 패배로 회복하기 어려울 정도의 큰 손실을 입었으며, 이후 재건된 프랑스 군대는 여전히 러시아 다음으로 유럽에서 가장 큰 규모의 육군이었으나 내실에서는 전성기만큼의 능력을 보여주지 못했다.

1813년에 라이프치히에서 제6차 대프랑스 동맹군에 의해 나폴레옹은 전쟁에서 패배했다. 1814년에는 이 동맹군이 파리에 입성했고, 나폴레옹은 정권을 잃고 엘바섬으로 유배되었다. 1년이 채 되지도 않았을 시점에 엘바섬에서 탈출해 권력을 다시 잡았지만, 1815년 6월에 워털루 전투에서 패배하면서 재기의 기회를 완전히 상실했다. 이후 나폴레옹은 영국령인 세인트헬레나섬에서 삶의 마지막 6년을 보내다 생을 마감했다.

20. 히틀러(Adolf Hitler, 1889~1945)

국가사회주의독일노동자당의 지도자이자 나치 독일의 총통. 뛰어난 웅변술과 감각의 소유자였던 히틀러는 제1차 세계대전의 패전국 상황의 조국에서 베르사유 체제, 대공황 이후 정권을 잡았다. 이후에 독일 민족 생존권 수립 정책을 주장하며 자를란트의 영유권 회복과 오스트리아 병합, 체코슬로바키아 점령, 폴란드 침공 등과 함께 제2차 세계대전을 일으켰다. 전쟁 중 그의 유대인 말살 정책으로 인해 수많은 유대인들이 아우슈비츠 수용소와 같은 나치 강제수용소의 가스실에서 학살당했다. 또한 히틀러는 상당수의 폴란드 사람들까지도 유대인이라고 모함해 집단 학살했다.

전세를 확장하던 독일은 스탈린그라드 전투와 북아프리카 전선에서 패배함으로써 급속도로 무너져내렸다. 히틀러는 1945년 4월 29일 소련군에 포위된 베를린의 총통관저 지하 벙커에서 청산가리 캡슐을 삼키고 발터 P38 총으로 자살했다.

21. 조국근대화

한일협정 체결과 베트남 전투병력 파병 등에 따른 고비를 넘기면서 경제개발 추진과 이에 대한 전 사회적 동참을 이끌어내기 위해 1966년 1월 박정희가 대통령의 연두교서에서 제시한 정치이론이다. 외국 자본과 기술을 도입해 공업발전을 꾀하고, 국내의 값싼 노동력으로 생산된 제품을 수출해 자본을 축적한다는 조립가공형 경공업 중심의 수출주도형 개발전략이었다.

22. 방앗공이

방아확 속에 든 물건을 내리찧는 데 쓰는 몽둥이.

23. 백의민족(白衣民族)

옛날부터 우리 민족이 백색 옷, 즉 흰옷을 즐겨 입었던 데서 비롯되었으며, 줄여서 '백민'이라고도 했다. 흰색은 태양을 상징하는 것으로, 우리 민족에게는 태양숭배 사상이 강해 광명을 나타내는 뜻으로 흰색을 신성시하고 백의를 즐겨 입었던 것으로 추정된다. 그러나 백의 착용이 경제적인 면에서는 바람직한 의복제도가 아니기 때문에 1894년의 갑오개혁 이후부터는 색의(色衣) 착용이 장려되었으며, 1906년에는 법령으로 백의 착용을 금지했다. 일제강점기에는 관청에서 반강제로 백의 착용을 금지하기도 했으나 도리어 일반민중의 반감만 샀을 뿐 색의 착용이 정착되지 못했다. 그러나 8·15 광복 이후부터는 자연스럽게 색의를 많이 입게 되었다.

24. 김일성(1912~1994)

북한의 정치가. 1948년부터 1994년 사망할 때까지 내각 수상과 국가 주석으로 권력을 독점해 개인숭배 체제를 구축했으며, 6·25 전쟁을 일으켜 남북분단을 공고화했다. 북한 김정일 주석의 부친이자, 김정은 국무위원장의 조부이다.

김일성은 만주에서 항일 무장투쟁을 벌였으며, 광복 후 북한 권력을 장악해 자신을 중심으로 한 유일지도체계를 확립했다. 1930년대부터 만주에서 반일 인민유격대를 결성하며 본격적으로 항일 무장투쟁에 뛰어들어 일본군과의 여러 차례의 대규모 전투에서 승리했다. 귀국 후 반제국·반봉건주의 개혁을 추진했고, 1950년 내각 수상이자 동시에 군사위원회 위원장·인민군 총사령관으로 남침을 강행해 6·25 전쟁을 일으켰다.

전쟁 후 폐허가 된 북한사회를 복구하는 동시에 생산체계를 사회주의적으로 개조해나갔다. 1956년 8월 종파사건을 계기로 반대세력을 제거하는 한편 소련의 영향력 배제에도 성공해 북한 권력의 정점에 섰다. 1960년 이후 김일성은 주체사상을 발표하고, 1972년에 국가주석직을 신설해 1인 독재 체제를 확립했다. 1993년 국방위원회 위원장직을 아들 김정일에 물려주었다. 1994년 공식적으로는 심근경색에 의한 심장마비로 사망했다.

25. 국군서울지구병원

국가 원수, 주요 공직자, 군 장성, 서울지역 군 장병의 진료를 담당했던 병원으로, 1979년 10·26 사건 당시에 청와대 앞쪽 소격동에 위치해 있었다. 현재는 그 자리에 국립현대미술관 서울관이 건립되어 있고, 병원은 삼청동 현재의 위치로 이전했다.

26. 시대정신

한 시대에 지배적인 지적 · 정치적 · 사회적 동향을 나타내는 정신적 경향을 말한다. 이 용어는 1769년 독일 헤르더가 처음 사용한 이래 괴테를 거쳐 헤겔에 이르러 역사적 과정과 결합한 보편적 정서, 민족정신과 결부된 현대적인 개념으로 정착되었다.

27. 메이지 유신(明治維新)

19세기 후반 일본의 메이지 천황 때, 에도 바쿠후를 무너뜨리고 중앙집권 통일국가를 이루어 일본 자본주의 형성의 기점이 된 정치적 · 사회적 변혁의 과정을 말한다.

19세기 중반 자본주의 열강의 외압은 덴노를 정치화시켰고, 유한세력이 이와 연결되면서 도쿠가와 체제는 분열되었다. 바쿠후 측도 덴노와 손을 잡고 정국 주도권을 장악하려 했다. 그러나 1858년 바쿠후와 조정은 충돌했고, 1867년 12월 9일 왕정복고파가 바쿠후 타도파와 연합해 왕정복고 쿠데타를 단행함으로써 메이지 신정권을 수립했다. 신정부의 제1목표는 봉건체제 해체였으며, 징병제도, 통일적인 조세 · 화폐 정책 등을 실시했다.

1870년대 중반부터 혁명적 조치들이 반발에 부딪히자 정부는 1890년까지 헌법을 제정한다는 성명을 발표했다. 1889년 헌법이 공포되었고, 제한선거에 의해 양원제 의회가 설립되었다. 메이지 유신의 목표는 20세기 초 대부분 달성되어 일본은 근대 산업국가로 순조롭게 나아갈 수 있었다.

28. 유신헌법

한국 헌정사상 7차로 개정된 제4공화국의 헌법이다. 1972년 5월 초부터 개헌작업이 구체적으로 추진되기 시작해 같은 해 10월 17일 비상계엄령의 선포, 국회해산, 정당 및 정치활동의 금지, 헌법의 일부 효력정지와 비상국무회의에 의한 대행, 새 헌법개정안의 공고 등을 내용으로 하는 '대통령 특별선언'이 발표되었다. 10월 27일 평화적 통일 지향, 한국적 민주주의의 토착화를 표방한 개헌안이 비상국무회의에서 의결·공고됐다. 이에 따라 11월 21일 유신헌법에 대한 국민투표가 실시되어 투표율 91.9%에 91.5%의 찬성으로 확정됐다. 12월 27일 박정희가 대통령에 취임하는 한편 유신헌법을 공포함으로써 유신체제는 수립됐다. 이로써 정치체제가 대폭 정비되고 통제기제가 강화되어 집권세력은 막강한 사회통제력을 보유하게 됐다.

전문과 12장 126조 및 부칙 11조로 되어 있는 유신헌법은 삼권분립, 견제와 균형이라는 의회민주주의의 기본원칙에 대한 전면부정과 대통령에게 권력 집중 및 반대세력의 비판에 대한 원천봉쇄를 그 특징으로 하고 있다. 주요 내용은 법률 유보조항으로 국민기본권의 대폭 축소, 입법부의 국정감사권 박탈과 연간회기 제한, 통일주체국민회의의 간선에 의한 국회의원 1/3 선출, 사법적 헌법보장기관인 헌법재판소를 정치적 헌법보장기관인 헌법위원회로 개편, 긴급조치권 및 국회해산권 등 대통령에게 초헌법적 권한 부여, 6년으로 대통령 임기 연장과 중임제한 조항 철폐, 통일주체국민회의에서 대통령 간선, 헌법 개정절차의 이원화, 통일 이후로 지방의회 구성 보류 등이다.

29. 베트남 전쟁

베트남에서 북베트남과 남베트남 간에 벌어졌던 전쟁(1955~1975). 베트남은 제네바협정에 따라 북위 17°를 경계로 북베트남과 남베트남으로 분할되었고, 북베트남은 남베트남이 협정에 따른 공동선거를 시행하지 않자 베트남 전쟁을 일으켰다. 미국 등 여러 나라가 개입한 이 전쟁은 엄청난 파괴와 인명손실을 남기고 1973년 휴전협정으로 종전되었으나 전투는 계속되었고, 1975년 북베트남의 전면공세 속에 4월 30일 남베트남 정부가 항복하면서 종결되었다. 1976년 7월 2일 베트남은 베트남사회주의공화국으로 통일되었다.

베트남 전쟁으로 인한 인명피해는 막대했다. 미군은 5만 8,315명이 전사했고, 남베트남 군은 22만~31만 명 이상, 북베트남 군과 남베트남 민족해방전선군은 110만 명가량이 전사한 것으로 추정된다. 베트남 민간인도 200만 명 이상이 사망한 것으로 집계됐다. 또한 베트남 전쟁으로 인해 라오스에 공산당 정권이 탄생했고, 캄보디아도 1960년대에 들어서서 공산주의자들이 득세함으로써 인도차이나 지역에 공산주의가 확산됐다.

30. 정승화(1929~2002)

1979년 10 · 26 사건 당시 육군참모총장. 1947년 육군사관학교에 입학, 6개월 만에 소위로 임관되었다. 6 · 25전쟁 중에는 백골부대의 대대장으로서 낙동강 전투, 기계 · 안강전투, 형산강 도하작전에 참여했다. 1967년 육군 준장으로 진급한 이래 1979년부터 1980년까지 제22대 육군참모총장으로 재직했다.

12 · 12 사건 당시 계엄사령관으로서의 직위와 권한을 신군부에

의해 박탈당했다. 1980년 국방부 보통군법회의에서 열린 첫 공판에서 그는 내란방조 혐의를 부인했지만 징역 10년이 선고되었으며, 그 후 국방부 장관의 형량 확인과정에서 7년으로 감형되었다. 이후 1980년 형집행정지로 6개월 만에 풀려났으며, 1982년 사면·복권되었다. 1997년 '김재규 내란기도 방조혐의'에 대해 무죄를 선고받아 명예를 회복했다.

31. 이아고(Iago)

셰익스피어가 쓴 비극 『오셀로』에 나오는 인물로 '악(惡)의 천재'라 일컬어진다. 베니스의 장군인 오셀로는 원로원 의원의 딸 데스데모나의 사랑을 받아 그를 아내로 맞는다. 그러나 부관(副官)의 지위를 캐시오에게 준 오셀로에게 앙심을 품고 있었던 기수(旗手) 이아고는 우선 캐시오를 실각시키고 그 복직 탄원을 구실로 캐시오를 데스데모나에게 접근시키는 한편, 아주 무서운 흉계를 꾸며서 오셀로에게 사실 무근한 데스데모나의 부정(不貞)을 믿도록 만든다. 의혹과 질투에 사로잡힌 오셀로는 사랑하는 아내를 침실에서 교살한다. 그 직후 이아고의 간계는 폭로되지만 이미 때가 늦어 오셀로는 스스로 목숨을 끊는다.

32. 핵(核)

1960~70년대 박정희 대통령은 집권 당시 핵 개발에 대한 의욕이 강했다. 당시 군사력 면에서 북한에 열세였던 남한은 미국에게 국방의 상당 부분을 기대고 있었다. 1973년 베트남 전쟁에서 패배한 미국이 베트남을 등지고 철수하는 것을 지켜본 박정희는 주한 미

군도 언제든 떠날 수 있다는 불안감을 가졌다. 그래서 자주국방의 방법을 핵 보유에서 찾고 1972년부터 1977년까지 핵 개발을 비밀리에 추진했다.

그러나 이 사실을 알게 된 미국 정보당국은 우려를 표명했고, 일본도 남한의 핵 보유에 민감한 반응을 보이며 미국 정보당국에 이를 저지할 것을 사주했다. 당시 소련과 대치상황에 있던 미국 입장에서는 일본을 중요한 우방으로 남겨두어야 했기 때문에 그 요청을 받아들일 수밖에 없었다. 미국 정보당국은 핵 개발을 포기하도록 박정희에게 지속적으로 압박을 가했는데, 김재규를 종용해 급기야 박정희 시해 사건으로 나아가지 않았나 하는 추정이 가능하다.

33.「잠자는 아내 모습」

박정희가 1952년 7월 2일 밤 잠자는 아내 육영수의 모습을 보면서 지은 시「잠자는 아내 모습」의 일부.

34. 보릿고개

춘궁기 · 맥령기라고도 한다. 대부분의 농민들은 추수 때 걷은 농작물 가운데 소작료 · 빚 · 이자 · 세금 등 여러 종류의 비용을 뗀 다음, 남은 식량을 가지고 초여름 보리수확 때까지 견뎌야 했다. 특히 봄에서 초여름에 이르는 기간 동안에는 남은 식량으로 보릿고개를 넘기기가 어려웠다. 이때는 대개 풀뿌리나 나무껍질로 끼니를 때우거나 걸식과 빚으로 연명했으며, 유랑민이 되어 떠돌아다니기도 했다. 일제강점기 때와 8 · 15 광복 뒤부터 1960년대 초까지만 해도 연례행사처럼 찾아오는 보릿고개 때문에 농민들은 큰 어려움을 겪었다.

5 · 16 군사쿠데타를 통해 1963년 제3공화국 수립 후, 공업국으로 전환을 시도하는 과정에서 단기적으로 미국 등에서 식량을 대량 수입해 양곡 부족을 해결했다. 그리고 중 · 장기적으로는 통일벼 등 벼품종 개량과 비료 · 농약의 공급확대 등으로 식량증산에 힘써 식량의 자급자족을 도모해 농민의 소득증대와 생활환경 개선이 진전됨에 따라 보릿고개도 서서히 사라져갔다.

35. 박근혜(1952~)

박정희와 부인 육영수 사이의 장녀로서 박정희 사망 당시 27세였다. 1974년에 서강대학교 졸업 후 프랑스 그르노블 대학으로 유학길에 올랐다가 모친 사후 귀국했다. 이후 1979년 10 · 26 사건 이전까지 사실상 대통령 퍼스트 레이디 직무를 대행했다. 박정희가 사망한 이후에는 청와대에서 나와 육영재단과 정수장학회의 이사장을 지냈다.

1998년 재보궐선거에서 15대 국회의원으로 당선된 박근혜는 제19대 국회의원까지 내리 5선 국회의원을 지냈다. 2004년부터 2006년까지는 한나라당의 대표 최고위원을 역임했으며, 2007년 한나라당의 제17대 대선 후보 경선에 출마했지만 이명박에게 석패했다.

2012년 제19대 총선을 승리로 이끈 후 2012년 실시된 제18대 대선에서 민주통합당의 문재인 후보를 누르고 당선, 2013년 2월 25일 대한민국의 제18대 대통령으로 취임했다. 이로써 대한민국 최초의 여성 대통령이자, 최초 부녀 대통령으로 기록되었다.

2016년 말 박근혜-최순실 게이트가 터져 민간인의 국정 개입 사실이 낱낱이 폭로되면서 2016년 12월 3일 대한민국 국회에서 '대통령(박근혜) 탄핵소추안'이 발의되어 12월 9일 대한민국 헌정사상 두 번째로 국회에서 탄핵소추안이 가결, 대통령 직무가 정지되었다. 2017년 4월 17일 구속기소되어, 공천 개입 혐의로 징역 2년, 직권 남용·강요 등 18개 혐의로 징역 20년을 선고받고 현재 복역 중에 있다.

박근령(1954~)

박정희와 부인 육영수 사이의 차녀로서 박정희 사망 당시 25세였다. 청운국민학교, 경기여중, 경기여고와 서울대학교 작곡과를 졸업했다. 1974년에 어머니 육영수가 문세광의 저격으로 암살당하고 1979년에 아버지 박정희가 시해된 후, 형제들과 청와대를 나와 신당동 사저로 옮겨 살았다.

이후 육영재단 부이사장에 선출되었다가 언니 박근혜가 육영재단 이사장직에서 물러나자 1990년 이사장으로 부임했으며, 1992년 어린이교통안전협회 총재에 선출됐다. 이후 (주)뮤즈뱅크 회장, 공화당 상임고문, 한국재난구호 총재, 한국여성바둑연맹 총재, 바이오운동본부 총재, 평화통일연구원 명예이사장, 한국어머니배구연맹 명예총재, 대한특수경호무술협회 명예총재 등을 역임했다.

36. 모래실

박정희가 태어난 곳은 경상북도 선산군 구미면 상모리인데, 예로부터 그곳 마을 사람들은 상모리라는 지명을 모래실이라고 불렀다.

37. 박정희 사망 후 사건 전개

<u>1979. 10. 26.</u>

오후 8시경 육군본부 벙커에 도착한 김재규는 김계원에게 전화를 걸어 최규하 국무총리를 데리고 오라고 요청한다.

오후 9:30 육군본부 벙커에 최규하 총리, 김치열 법무장관, 구자춘 내무장관, 박동진 외무장관, 유혁인 청와대 정무수석 등이 급보를 받고 달려온다. 그 자리에는 먼저 도착한 김계원 대통령비서실장, 김재규 중앙정보부장, 정승화 육군참모총장도 있었다. 김재규는 박정희가 죽었다는 사실은 숨기고 "각하가 지금 유고 상태이다. 빨리 계엄령을 선포해야 한다"고 주장한다.

오후 11시 노재현 국방장관과 각 군 참모총장들까지 모이면서 장소가 비좁아지자 이들은 밤 11시경 국방부 회의실로 자리를 옮긴다. 최 총리는 노 장관에게서 대통령 서거 사실을 보고받은 뒤 김재규에게 자초지종을 물었으나 그는 "대통령 유고다. 보안을 유지하고 각의를 열어 계엄을 선포해야 한다"는 말만 되풀이한다. 부총리가 비상계엄선포 사유를 밝히라고 촉구한다.

오후 11:40 계엄령을 의결·선포해 속전속결로 권력을 장악하려던 김재규의 예상이 빗나가자 김계원은 자신들의 계획이 무위로 돌아갈 수 있다고 판단, 다른 방으로 노 장관과 정 총장을 불러 김재규가 범인임을 알린다. 사실을 알게 된 정승화는 헌병감 김진기에게 김재규를 은밀히 체포하라고 지시한다.

오후 11:50 국무회의를 열어 대통령 유고에 따른 비상계엄 선포, 비상국무회의 소집, 미국 측 통보 등을 논의한다.

김계원 비서실장은 최 총리, 신 부총리, 노 국방장관, 구 내무장관, 김 문공장관 등과 함께 국군서울지구병원으로 가서 그곳에 안치된 박정희의 시신을 확인한 뒤 곧장 국방부로 돌아온다.

1979. 10. 27.

새벽 0:40 김진기가 김재규를 유인해 보안사 차에 태운다. 정승화는 보안사령관 전두환을 불러 김재규를 인계받아 철저히 조사하라고 지시한다. 새벽 1시 반경 전두환이 김재규를 체포한다.

새벽 2시 국방부 회의실에서 다시 속개된 비상국무회의에서 박정희 서거를 공식 선언하고, 최규하 총리는 대통령 권한대행 신분이 된다.

새벽 4:10 대통령의 유고로 전국에 비상계엄령이 선포된다.

1979. 12. 6.

당시 유신헌법에 따른 통일주체국민회의 대의원 선거로 최규하가 제10대 대통령에 선출된다.

1980. 1. 28.

김재규는 육군 고등계엄군법회의에서 "내란목적살인 및 내란미수죄"로 사형을 선고받는다.

<u>1980. 3. 6.</u>

현역 군인 신분인 박흥주는 1980년 3월 6일에 총살형에 처해진다. 그는 1939년 가난한 집안에서 출생하여 서울고등학교를 졸업하고 육군사관학교에 입교하여 18기로 졸업 및 임관했다. 그 후 육군포병학교를 졸업했다. 중위 시절 당시 육군 제6보병사단장으로 재직하던 김재규 장군의 전속부관이 되었으며, 이때부터 김재규와 인연을 맺게 된다. 이후 김재규가 중앙정보부장이 되자 육군 대령으로 그의 수행비서관이 되었다. 상관인 김재규의 지시로 갑작스럽게 박정희 대통령 시해 사건에 가담하게 되었고, 그에 따라 총살형에 처해진 것이다.

청렴·강직한 성품으로 '미래의 육군참모총장감'이라는 기대를 모았던 그는 권력의 핵심 한가운데에 있었지만, 권력을 누리지 않았다. 재판과정에서 당시 행당동 산동네의 12평 주택에 살 정도로 청빈·청렴했던 그의 본모습이 밝혀지고, 자신의 책임을 회피하지 않는 군인정신이 돋보여서 많은 이들의 안타까움을 자아냈다.

<u>1980. 5. 24.</u>

1980년 5월 24일에 김재규는 박선호, 유성옥, 이기주, 김태원과 함께 서울구치소(지금의 서대문형무소 역사관 자리)에서 사형에 처해졌다.

'절대빈곤'으로부터의 탈출

세계은행이 정의한 '절대빈곤'은 '생존유지선(Subsistence level)' 이하의 소득을 의미한다. 대략 1960년부터 1990년까지의 생존유지선은 1인당 1일 국민소득이 1달러 이하로 정의되었다(즉 연 1인당 국민소득이 365 달러 이하를 의미한다). 1961년 한국의 연 1인당 국민소득은 85달러로 생존유지선의 1/4에도 못 미치는 수준이었으나, 1973년에 407달러로 증가하여 처음으로 '절대빈곤'에서 벗어났다. 참고로 2020년 한국의 1인당 국민소득은 3만 1,881달러이다.

박정희 대통령, 그 집념과 유업

작가의 말 2

18년간(1961~1979)에 걸친 박정희의 통치력을 어떻게 판단해야 할지는 성급한 결론을 내리기보다 장구한 역사에 맡기는 것이 옳다고 생각한다.

그것도 오랜 세월이 흐른 후 다른 나라들의 발전과 비교하여, 그리고 우리나라가 차지하고 있는 세계 속의 위상을 감안하여, 거기다가 박정희 지도력이 한국 사회에 끼친 영향 등을 종합적으로 판단해 결정될 일이라 믿는다.

그때 가서도 견해의 일치를 바라는 것은 무리일 것이다. 당연히 보는 관점에 따라 다양한 의견이 개진될 것이고, 어쩌면 '혹독한 독재자'로부터(어느 서양의 학자가 언급했듯이) '인류 역사상 유일한 덕망의 독재(benevolent dictatorship)'로 그 평가는 극에서 극을 달릴 것이다.

현재를 사는 우리가 해야 할 몫은, 어떤 다양한 견해가 대두되더라도 그것이 적합한 사실에 근거하도록 최선을 다하는 것이다. (이 보잘것없는 글은 그런 의도에서 활자화되었다.)

여기에 실린 다섯 분야의 글은 박정희의 장례기간 중 주요 일간지에 실린 기사묶음이다. 장례기간 중의 기사라 다분히 조사(弔詞)의 성격도 띠고 있어 공평한 기사와는 거리가 멀 수 있다. 그렇다 하더라도, 이 글 묶음이 경제, 농업, 문화과학, 국방, 통일을 망라한 광범위한 분야를 다루었다는 면에서 나름대로의 가치가 있다고 판단되어 게재한 것이다. 독자의 오해가 없기를 바란다.

2021년 9월
홍 상 화

1. 경제자립

남이 쉴 때 우린 뛰어야

수출확대 달마다 점검—독려

지난 62년에 시작해서 금년 9월까지 1백77회를 거듭하도록 박정희 대통령이 한 번도 빠지지 않고 주재해온 회의가 있다. 매달 한 번씩 중앙청에서 열려온 수출진흥 확대회의다.

재작년부터 무역진흥 확대회의로 이름이 바뀐 이 회의엔 국무총리, 감사원장을 비롯해서 관계부처 장관과 여당권 간부 및 정책심의관계인사, 경제4단체장 및 수출업체 대표들 근 2백 명이 참석한다.

회의에선 먼저 외무부 당국이 해외시장 정보와 재외공관에서 취합한 수출상품 및 전략의 문제점을 보고하고, 상공부가 지난달의 수출실적 및 전월비 증감 비율 및 이에 관한 대책 등을 평가 건의한다. 이어 직접 수출을 하고 있는 업계 대표들에게 애로사항을 밝히게 하고 관계 장관들의 답변을 듣는다.

박 대통령은 입장이 서로 다른 업계와 관계당국의 견해를 다 듣고 난 뒤 종합처방을 내린다. '제값받기' '품질 고급화' 등등 일련의 수출전략은 모두 이런 과정을 통해 창출된 것이었다.

이 회의는 박 대통령이 수출제일주의를 표방하면서 설치한 것이다. 63년 민정이양을 전후해서 우리의 외화보유고는 1억 달러 미만으로 내려가 파탄지경이었으며, 공장이 있어도 원료가 없어

가동이 어려운 형편이었다. 박 대통령은 이런 상황에서 우리 경제가 살 길은 수출뿐이라고 판단, '수출입국' 정책구상의 일환으로 이 회의를 운영했던 것이다. 따라서 박 대통령은 어느 회의보다도 이 자리에 열정을 쏟아왔던 게 사실이다.

2. 3년 전부터 상공부 쪽에선 이 회의를 격월, 또는 분기별로 운영하자는 얘기가 나왔다. 수출 신장이 순조롭고 별다른 문제점이 없는데 매달 회의할 필요가 있겠느냐는 견해였다. 회의 준비의 고역을 조금 덜어보려는 실무자들의 속셈도 있었던 것 같다.

그러나 박 대통령은 그럴 때마다 독려의 줄을 팽팽히 했다. "모든 면에서 발전하려면 남이 빨리 뛸 때 우리는 더 빨리 뛰어야 하고, 남들이 쉴 때에도 우리는 계속 뛰어야 발전이 있는 것"이라고 호령했다.

부하들의 해이를 용납치 않고 매달 꼬박꼬박 회의를 주재해온 그 고집과 집념으로 이 회의는 마침내 64년에 1억 달러였던 수출고를 불과 13년 만인 77년에 1백억 달러로 급신장시킨 "기적의 산실"이 됐다. 5·16혁명이 나던 61년의 우리나라 수출고는 4천2백90만 달러에 불과했다.

세계 각국의 통계로 볼 때 수출신장률이 연 10%라면 상당히 높은 편에 속한다고 한다. 61년도의 4천2백90만 달러를 기준으로 매년 20%씩 수출이 신장되는 것으로 계산해봐도 79년도엔 11억4천2백만 달러밖에 되지 않는다. 이렇게 보면 작년에 이미 1백25억 달러를 달성했고, 금년 목표가 1백55억 달러인 우리의 수출성장이 얼마나 엄청난 것인가를 실감할 수 있을 것이다.

'수출입국'을 해야 한다는 박 대통령의 열화 같은 집념의 결정이었다. 타협을 모르는 박 대통령의 조국근대화 집념은 경부고속도로 건설과정에서도 잘 드러났다.

경부고속도로 건설, 기술수출 계기, 자신감 심어주고 중화학 시대로

60년대 후반 박 대통령이 경부고속도로 건설에 착안했을 때, 국내에선 경제계, 학계, 언론계 등 각계에서 정면으로 반대하고 나섰다. 여당인 공화당 의원들까지도 실현 불가능한 일이며, 경제파탄을 초래할 것이라고 반대했다. 세계은행과 민간 국제경제단체들도 같은 의견이었다.

그러나 박 대통령은 조금도 흔들림이 없이 국내의 자문인사들로부터 받은 보고서를 면밀히 검토했다. 보좌관들에겐 남미의 안데스 산맥에서부터 소련의 시베리아 벌판에 이르기까지 세계의 모든 고속도로 건설공사에 관한 기록들을 찾을 수 있는 데까지 모아오도록 지시했고, 수집된 자료들을 직접 검토 연구했다. 건설부 기술진들과 함께 직접 헬리콥터를 타고 수주일 동안 해당지역의 지형을 살피기도 했다. 이 무렵 청와대엔 대통령 집무실은 말할 것도 없고 복도 식당에까지 고속도로 건설에 관한 지도 및 도표 등 각종 자료들이 붙어 있었다는 것이다.

자신을 갖게 된 박 대통령은 드디어 68년 2월 1일 서울-수원 구간의 기공 버튼을 눌렀다. 당시 각 언론들은 이 공사가 역사적인 사업임엔 틀림없으나 4백억 원의 공사비 염출을 위한 차관 등으로 경제안정이 크게 우려된다고 걱정했고, 계획대로 진행될

는지에 대해서도 의심을 품었다. 기공식 기사도 신문에서 크게 취급되지 못하는 푸대접을 받았다.

계획부터 결과까지 현장서 확인

박 대통령은 공사가 진행되는 동안 헬리콥터를 타고 수없이 공사현장을 드나들었다. 터널공사중에 산기슭이 무너졌을 때는 지질학자들을 태우고 와 원인을 캤고, 지하수면 계산이 어째서 잘못되었는지를 알아보려고 유엔의 수리(水利)전문가들을 데리고 다니기도 했다.

2년 5개월 뒤인 70년 6월 30일엔 기적과도 같은 4백28km의 4차선 경부고속도로가 완공됐다. 아시아 개발은행의 교통관계 전문가들은 건설비가 1km당 33만 달러(당시 1억 원)밖에 들지 않은 것은 세계고속도로 건설사상 가장 싼 것이라고 입을 벌렸고, 에카페 도로위원회의 전문가들도 시주 결과 아무 결함이 없다고 평가했다.

경부고속도로가 개통된 지 불과 3년 만에 우리나라 GNP의 거의 30%가 바로 경부고속도로를 이용하는 지역에서 생산됐고, 이 도로를 이용하는 차량수는 전국 총차량수의 80% 이상을 차지하게 됐다.

이것 역시 박 대통령의 집념과 선견지명의 소산이라고 아니할 수 없는 일이다.

경부고속도로 건설과정에서 체득된 고속도로 건설의 계획과 설계 공법, 그리고 자재의 규격화 및 양산체제의 확립 등은 뒤에 우리나라 건설업계가 해외진출을 하는 데 결정적인 뒷받침이 됐다. 동남아-중동지역에서 명성을 떨치고 있는 한국 건축기술의 모체이며, 외화수입의 원천이 된 것이다.

박 대통령은 그의 저서 『민족의 저력』에서 "우리 민족사상 최대의 역사(役事)였던 경부고속도로의 성공적 건설이야말로 우리 민족의 우수한 저력과 강인한 의지를 실증하고, 우리가 하고자 한다면 무엇이든 해낼 수 있다는 자신과 긍지를 일깨워준 의의를 지닌 사업이었다"고 술회했다.

박 대통령의 이러한 집념은 "우리도 잘 살아야겠다"는 의욕과, "우리도 잘살 수 있다"는 신념과, "남의 원조 없이 자기 힘으로 살아갈 수 있고, 나아가 남을 도와줄 수 있는 자주 자립의 민족이 되어야겠다"는 의지에서 비롯된 것이다. 이 집념은 또 가난한 농부의 집에서 태어나 가난한 나라에서 살아온 박 대통령의 반생애가 배경이 되어 오기에 가까운 열기로 승화된 것이었다.

64년 12월 박 대통령은 영부인 육영수 여사와 함께 서독을 공식방문한 일이 있다. 그때 박 대통령은 서독의 풍요한 농촌 모습을 보고는 "우리나라는 언제 저처럼 농촌에도 전기, 수도가 들어가고 초가집이 없어지겠는가"고 부러워했다는 것이다. 농촌뿐만 아니라 서독의 발전상에 우리 경제 형편을 비교해보고 너무도 초라하고 비참하다는 생각에 창피하다는 느낌마저 가졌었다고 한다.

박 대통령은 서독에서 돌아오는 길에 전세비행기 안에서 "우리 국민소득이 1천 달러를 넘고, 우리 비행기를 타고 갈 수 있을 때까지는 다시 외국여행에 나서지 맙시다"라고 말했다는 후문이 있다.

농어촌 전화사업이 본격화한 것이 바로 이 무렵이었으며, 농촌 취락구조사업은 78년부터 들판의 불처럼 번져나가기 시작했다.

조국근대화 자립경제에의 집념은 '수출제1주의'에서 '공업입국' '과학입국 기술자립'으로 변천되면서 아시아에서는 일본 다음가는 공업국으로서의 기반을 다지게 됐다.

박 대통령이 "나세르 혁명이 아스완댐을 상징하듯 5 · 16혁명은 그 상징으로 울산공업단지와 제1차 경제개발 5개년계획을 들 수 있다"고 스스로 밝힌 바와 같이 제1차 경제개발 5개년계획은 공업화의 의지를 구현한 것이다.

이 기간중엔 전력, 석탄 등 에너지자원과 시멘트, 비료, 정유, 합성수지 등 공업화에 필요한 기반 조성에 역점이 두어졌다. 그 결과 연평균 7.8%의 경제성장을 이룩했고, 수출은 66년에 2억5천만 달러로서 61년의 6배나 됐다.

2차계획 기간에는 3대전략사업으로서 석유화학, 철강공업, 기계공업을 육성하기 위한 각종 제도적 기반과 진흥책이 마련됐으며, 67년의 울산석유화학 콤비나트 건설, 69년의 호남정유 완공, 70년의 포항종합제철 기공 등으로 70년대 중화학공업시대의 막이 오르게 됐다.

73년에 포항종합제철이 준공되고, 74년엔 현대조선소가 1단계 준공되면서 26만 톤급 선박 2척을 진수시켰다. 박 대통령은 이러한 중요한 사업이 기공–준공될 때마다 직접 현장에 가서 관계자들을 격려, 그의 조국근대화 집념이 얼마나 강한 것인가를 보여주었다.

박 대통령은 우리의 경제발전을 위한 가장 중요한 자원은 우리 국민의 정력, 창의성, 끈기, 의지력이라고 판단하고, 국민들이 일치단결하여 근대화와 경제자립의 목표를 달성할 수 있도록 용기와 자신감을 불어넣는 일이 자신의 주임무라고 생각했던 것이다. 그래서 새 제품이 개발되거나 국제기능올림픽에서 좋은 성적이 나올 때마다 당사자들을 청와대로 불러 격려하고 용기를 북돋아주었다.

금년 들어 동(銅)제련소가 완공되고, 여천석유화학이 준공돼 중화학공업 계획은 일단 성공리에 마무리된 셈인데, 박 대통령은 최근 80년대의 웅대한 산업정책을 성안, 금년 말이나 내년 초에 발표할 계획이었다는 것이다.

그러나 박 대통령 치하에서 이룩된 자립경제의 터전은 공장, 도로 같은 유형적 건설이나 통계숫자보다는 국민 각자가 피부로 느껴지는 감각에서 한층 설득력을 갖는 것 같다. '보릿고개'라는 말이 우리 주변에서 자취를 감췄고, '중산층'이란 말이 귀에 서툴지 않게 됐다.

이보다 더 값진 것은 우리 국민 머릿속에서 '엽전'이라는 자기 비하의 열등의식이 사라졌다는 점이다. "하면 된다" "뛰어보겠다" "우리도 선진국이 될 수 있다"는 적극적인 사고를 갖게 된 것이다. 박 대통령의 자립경제 집념이 국민들의 의욕과 자신감을 불러일으키고, 민족의 긍지와 자부심을 되찾게 한 것이라고 볼 수 있겠다.

박 대통령은 그의 저서 『우리 민족의 나갈 길』에서 민족번영과 행복의 중요한 목표는 "개인의 경제생활 보장"에 있으며, "우리가 이룩해야 할 첫 과제는 자립경제를 건설하는 것과 국민들의 마음속에 자기 능력에 대한 자신을 불어넣는 것"이라고 밝혔다.

또 정부종합청사 1층 현관 벽에는 다음과 같은 박 대통령의 어록이 대리석판에 새겨져 있다.

"우리의 후손들이 오늘에 사는 우리 세대가 그들을 위해 무엇을 했고, 조국을 위해 어떠한 일을 했느냐고 물었을 때 우리는 서슴지 않고 조국근대화의 신앙을 가지고 일하고, 또 일했다고 떳떳하게 대답할 수 있게 합시다."

67년 1월 17일 발표된 대통령 연두교서의 한 구절이다.

이제 박정희 대통령은 비명으로 타계했으나 최소한 그가 신앙처럼 내세웠던 이 두 가지 꿈만은 실천하고 갔다고 떳떳하게 평가받을 수 있을 것 같다. 그가 다진 조국근대화와 자립경제의 터전을 어떻게 굳혀서 꽃을 피우게 하느냐가 남은 사람들이 맡아 할 일일 것 같다.

(『조선일보』, 1979. 11. 1)

2. 농촌근대화

〈새마을운동〉 "5천 년 가난 벗자"

자립 키워 소득증대 결실

농어촌소득사업이 한창 피치를 올리던 69년. 세종로의 구(舊) 시민관에서는 농어촌소득사업 평가대회가 열리고 있었다. 그때 만 해도 약간의 이색 순서인 "나의 성공사례 발표회"라는 것이 회순에 들어 있었다. 조치원 출신의 하사용씨가 발표자였다.

머슴살이를 하던 하씨는 결혼을 했으나 살아갈 길이 막연했 다. 하씨는 갓 결혼한 신부와 다짐을 했다. "나는 강원도 쪽으로 나가 3년간 머슴살이를 더하겠으니 당신은 그동안 식모살이를 해달라. 3년 후 이곳 조치원에서 다시 만나 그간 모은 돈으로 자 립의 출발을 해보자"고 했다. 하씨 부부는 그대로 실천을 했다.

3년 후 약속대로 만난 하씨 부부는 움막을 지어 집을 대신하 면서 하천부지에 비닐하우스를 지어 영농을 시작했다. 잘 되는 듯하더니 하씨가 너무 고생을 하여 폐병을 얻었다. 모은 돈은 치료비로 다 써야 했다. 그러나 병마와 싸우면서도 끝내 좌절치 않고 싸워나갔다. 시간이 감에 따라 건강도 회복하고 경제적 기 반도 마련, 당시 드물었던 슬레이트지붕의 번듯한 집까지 마련 했다는 내용이었다.

이 성공사례를 듣고 누구보다 흥분과 감격 속에 싸인 사람은 박정희 대통령이었다. 박 대통령은 미리 준비했던 치사를 제쳐

놓고 즉흥연설을 했다. "하 지도자야말로 농촌을 끌고 나갈 스승이며, 우리는 저런 지도자를 배워야 한다"고 강조했다. 그 후 몇 달 뒤 매월 있는 월간경제동향보고회가 끝나자 박 대통령은 "통계숫자의 보고도 좋지만, 경제동향에 대한 학자들의 연구보고나 잘살아보려고 노력하는 농어민들의 성공담을 들어보는 것도 좋겠다"는 의견을 냈다. 그래서 시작된 것이 오늘까지 계속되는 월간경제동향보고회 때 2명씩 보고하는 새마을 성공사례발표회다.

월간경제보고에는 전 국무위원, 여당권 간부, 청와대비서관, 총리실의 간부들이 대개 모이기 때문에 이 성공사례발표회에서는 농촌을 새롭게 건설하는 데 따른 각종 장애요소와 애로사항이 적시된다. 하천보수, 마을단장, 전기, 수도, 도로 등 정부가 지원할 일, 농어민이 스스로 해야 할 일 등이 쏟아져나온다. 박 대통령은 필요한 사항을 모두 메모한다. 새마을운동이 본격화되는 71년 말까지 3년간 박 대통령 심중에 앞으로 끌고 나갈 농촌의 미래상과 문제점이 구체적으로 정리되었을 것이라는 이야기다.

박 대통령의 농촌에 대한 관심은 61년 집권 후부터 정책적으로 나타났다. 그는 지방시찰 때 농촌의 모습을 볼 때마다 "저 찌그러진 초가집에서 천년의 가난에 찌든 농부들의 한숨이 새어나오고 있다는 것을 잊을 수 없다"고 가슴 아파했다. 그러곤 박 대통령이 어렸을 때 선친이 논 4마지기(8백 평)를 부치면서 어렵게 지낸 일, 시골에서 축구를 하고 싶어도 공이 없어 나무토막에 새끼끈을 묶어서 차던 이야기들을 털어놓곤 했다.

농촌이 고리채에 시달린다는 보고를 받고는 고리채 정리를 단행했고, 국민 재건운동에 착수했다.

그러나 이 국민 재건운동은 뜻대로 되지 않았다. 농촌이 너무 가난해서 자력으로 일어설 힘이 없다고 결론짓고 굳이 더 추진을 안 했다는 것이다. 그렇다고 당시론 정부가 큰 예산을 농어촌에 쏟아넣을 여력도 없었다.

박 대통령이 예산의 뒷받침을 해가며 본격적으로 농어촌 근대화에 박차를 가한 것은 67, 68년경으로 볼 수 있지 않을까 생각된다. 1, 2차 경제개발 5개년계획의 완수, 수출정책과 공업화 정책으로 정부의 재정능력이 크게 향상됨으로써 농촌 근대화에 재도전할 여유를 갖기 시작한 때가 이때다. 이 무렵 농어민들이 내는 세금은 예산의 5%인 데 비해 농어촌에 대한 정부 지원은 26%에 달하고 있었다. 근대화의 동력이 밖으로부터 농어촌으로 들어가기 시작한 것이다. 잠업단지, 특용작물단지 등 주산단지가 세워져 '소득증대'라는 용어가 흔히 쓰였고, 야산 개발이 이루어지기 시작했다. 박 대통령은 한 달에도 몇 번씩 농촌 시찰 길에 오르곤 했다. 전남 영산강 개발 때는 직접 예시도를 그려 개발의 근간을 삼도록 했고, 2년간에 무려 이곳에만도 8회나 출장을 했다. 68년엔 처음으로 농어촌 특별소득사업이 예산항목으로 올랐다.

정부의 경제적인 힘도 커지고 농어촌의 문제점도 성공사례 발표회를 통해 현실적이고도 세부적으로 파악한 박 대통령은 70년대 들어서며 농촌근대화운동을 점화시킬 계기를 찾고 있었던 것 같다.

71년 봄 쌍용의 대단위 시멘트 공장이 준공되었다. 국내의 평상 수요를 훨씬 초과하는 생산량이었다. 정부는 시멘트를 염가로 구입하여 1가구당 5부대 비율로 전국 3만 5천 개 부락에 이를 할당해주었다.

시멘트는 부락공동사업에 우선적으로 쓰라는 조건부였다. 몇 달 후 정부가 시멘트 사용 효과를 측정해본 결과, 다양했다. 할당된 시멘트를 토대로 몇 배의 보람 있는 성과를 낸 마을, 마지못해 '소비'한 마을 등으로 구분되었다. 대략 1만 6천 개 마을이 양호했던 것으로 기록되었다. 양호했던 부락은 주민들의 적극 참여정신과 이를 옳게 반영한 지도자가 있는 부락이라는 것이 공통점이었다. 이를 토대로 전국 부락을 기초마을, 자조마을, 자립마을로 구분했다.

근면-자조-협동의 정신혁명, 국가시책 최우선 과업으로

근면, 자조, 협동의 정신도 강조되었다. 71년 말에 이러한 모든 요소들이 한데 뭉쳐 새마을운동이라는 근대화운동으로 불이 붙었다. 새마을운동은 실행이 앞서고, 이름이 뒤에 붙은 셈이다.

새마을운동이 성공적으로 추진되자 박 대통령은 "국민의 자조정신을 일깨워주고 잘살기 운동을 일으켜보자는 생각이 세 번째에서야 성공했다"고 평가하더라고 청와대 박진환 특별보좌관은 회고했다.

박 보좌관은 대통령이 염두에 두었던 첫 번째와 두 번째 시도가 무엇이었던가를 그때 되물어보지 못하고 "새마을운동사를 위해서도 언제 적당한 때에 꼭 물어보아야겠다"고 생각만 했다가 영영 기회를 잃은 것을 큰 한(恨)으로 생각하고 있다. 다만 첫 번째 시도는 국민재건운동이었을 것이 거의 틀림없지만, 두 번째 시도는 불분명하다고 했다. 제2경제운동이 아니었나 하고 박 보좌관은 추측하고 있다.

박 대통령은 새마을운동을 "5·16혁명 이념을 진정으로 계승 발전시켜 조국의 근대화 작업을 알차게 마무리하려는 의욕과 희망에 찬 우리 민족의 약진하는 모습"(72년 5·16기념사)이라고 규정하고 "새마을운동을 국가시책의 최우선 과업으로 정하고 이 운동을 통해 모든 부조리를 자율적으로 시정하는 사회기풍을 함양하여 과감한 복지균점정책을 구현해나갈 것"(72년 10·17선언)이라고 강조했다.

새마을운동은 근대화정책인 동시에 부조리 없는 명랑한 사회건설의 방법이며 복지균점을 목표로 하는 경제정책의 수단으로 박 대통령은 이 운동을 펴나간 것이다. 그러기 때문에 새마을지도자대회, 새마을연수원 등에 대한 관심은 놀라울 정도였다. 수원 새마을연수원에 예고 없이 들러 강의실 뒷자리에 앉아 한 시간가량의 강의를 직접 듣기도 하고, 연수생들과 국수점심을 함께하면서 새마을운동에 대한 의견을 나누기도 했다. 강의실 책상을 계단식으로 해서 뒷사람도 강사의 얼굴과 표정을 볼 수 있도록 하고 마이크도 보다 성능이 좋은 것으로 바꾸도록 한 지시, 연수생들이 써낸 설문에 대한 답변내용을 자세히 물어보는

등 모두 이 운동에 대한 박 대통령의 관심이 얼마나 컸던가를
반증해주는 일들이다.

"나의 조상은 '새마을농민'" 강조

박 대통령은 새마을지도자들과 만나는 시간을 격무 속에서도
가장 즐거운 시간의 한 부분으로 생각했다. 그들과 오찬이 있는
날이면 취재기자들에게 "역경을 딛고 농촌을 개혁한 이분들을
신문에 잘 소개해달라"고 부탁하는 일이 많았다. 새마을지도자
모임에서는 비서실이 준비한 원고 대신 즉흥 연설을 하는 때가
많았다. 원고내용보다 소박하게, 그러나 참석자들의 뜨거운 공
감을 받았다. 농민의 아들로서 농민들과 너무도 가깝게 호흡하
고 있었기 때문에 가능할 수 있었던 것이다. 박 대통령이 73년
11월 22일의 새마을지도자대회에서 "후세에 너의 조상이 누구
냐고 묻는다면 나의 조상은 1970년대의 새마을운동에 앞장섰던
농민이라고 일러주자"고 한 대목에서도 볼 수 있듯이 그의 새마
을 지도자관은 국가의 어떤 지도자 못지않게 비중을 두는 것이
었다.

박 대통령은 새마을운동을 통해 농촌근대화를 추진함에 있어
농민의 자각을 통한 정신혁명을 중시했다. "그저 하늘만 쳐다보
고 요행을 바라거나 또는 당장 커다란 성과를 기대하는 조급한
생각으로는 도저히 이룰 수 없는 것이 농촌의 근대화다. 봄에
씨를 뿌리지 않으면 가을에 수확을 거둘 수 없는 것이 농사일이
다. 누구의 도움을 바라기에 앞서 스스로 자기의 운명을 개척하

려고 노력하고, 남을 탓하기 전에 스스로 책임을 지려는 자립의 지가 있어야 비로소 개인도 잘살게 되고 국가도 일어설 수 있는 것이다." 이 말은 박 대통령이 기회 있을 때마다 강조한 대목이다. "하늘은 스스로 돕는 자를 돕는다"는 말도 흔히 인용했다. 인용하고 강조했을 뿐 아니라 이를 실천했다.

박 대통령은 전국 마을 중 잘살아보겠다는 의지와 노력이 뚜렷이 나타나는 자립마을부터 정부가 지원토록 했다. 교량건설을 위한 자재 공급과 기술자 파견, 전기 우선 공급 등의 혜택을 줌으로써 경쟁심을 통해 농민들의 자립정신을 자극하기 위한 것이었다. 자립마을은 마을 앞에 '자립마을'의 푯말을 붙여 주민들의 자긍심을 고취했다. 같은 조건에서 같이 출발한 옆 마을의 변화하는 모습을 지켜본 낙후부락 기초마을에서는 예상대로 강한 경쟁의식을 보였다. 50여 가구의 어느 기초마을에서는 자치회의를 통해 마을 모습을 일신하기 위해 10여 채의 가옥을 자진철거하는 사례까지 생겼다. 절미통(節米桶)을 통한 저축운동, 새마을 어머니회의 조직 등이 불길처럼 일어났다. "하면 된다"는 신념을 갖기 시작했다.

이러한 정신적 자각 위에 박 대통령이 심으려 한 것이 소득증대 사업이었다. 아무리 새마을운동이 좋은 것이라 해도 농민들에게 소득증대라는, 보고 만질 수 있는 실익이 없으면 영속성이 없는 것이라고 판단해서였다. 그러나 이 소득증대사업을 새마을운동에 결부시키는 것은 원칙은 올바른 것이었지만, 지도자의 인기관리면에선 일종의 모험적 결단이었다. 소득증대는 현실적으로 나타나야 하는 것인데 농민이 납득하는 소득증대가 없다면 여태까지 애써온 새마을사업과 근대화 추진은 실패로 귀결되기 때문이었다. 그러나 박 대통령은 주변의 이런 우려에 개념치 않고 과감한 소득증대 사업을 벌이기 시작했다. 농촌 근대화가 2단계로 접어드는 계기이기도 했다.

72년 12월 김보현 농수산부 장관은 박 대통령으로부터 두툼한 친서를 받았다 이를 펴본 김 장관은 깜짝 놀랐다. 하얀 괘지 6장에 식량 증산과 자급자족을 위한 대통령의 구상과 생각이 가득히 메모되어 있었다. 통일벼 보급, 고미가(高米價) 정책, 보온못자리 등 모심기에서 탈곡까지의 과정, 1백50일간의 행사와 개량할 점이 상세히 기록되어 있었다고 당시 김 장관은 말했다. 농수산부에서 통일벼 시험재배를 끝내고(IR667이라고 불렸음) 가진 시식회에서 박 대통령은 "우리도 이제 보릿고개와 작별할 수 있게 되었다"면서 만족해했다. 그러면서 대통령이 어린 시절 도시락에 보리밥만 싸가지고 다니던 이야기를 했다.

오늘 우리 농촌이 TV 보유나 냉장고 등 문화혜택을 입을 수 있고 기계화 영농을 말할 수 있는 것은 이러한 박 대통령의 소득증대 집념이 결실되기 시작한 것이라는 데 이의를 걸 사람은 지극히 적을 것이다. 2차대전 후 세계의 수많은 나라 중 농촌의 탈바꿈이 우리처럼 빨라 관심의 대상이 된 곳은 우리와 대만 정도가 아닌가 생각된다.

(『조선일보』, 1979. 10. 31)

3. 자주국방

'유비무환' "내 강산 내가 지킨다"

철군(撤軍) 대비 자위(自衛)의지 구체화

자주국방에 대한 박정희 대통령의 집념은 외빈과의 대화중 근 30%가 자주국방에 관한 것이었다는 점에서도 엿볼 수 있다. 박 대통령은 늘 우리나라는 북괴의 위협 속에 살고 있기 때문에 3천7백만 국민의 생존권을 보위하는 것이 최고의 '인권보호'라는 주장이었다. 그렇기 때문에 무엇보다 안보제1주의를 부르짖었고, "내 강토는 내가 지킨다"는 의지 아래 일면 건설 일면 국방을 캐치프레이즈로 내세웠다.

그러나 워낙 자주국방하기엔 경제바탕이 빈약하여 박 대통령이 먼저 힘을 쏟은 부문은 경제건설. 우선 경제건설을 해놓고 그 바탕 위에서 안보의 기틀을 마련하자는 것이 그의 생각이었다.

특히 68년 1·21 북괴공비의 청와대 기습사건, 울진-삼척의 공비출몰, 미정보함 푸에블로호 사건 등 잇단 북괴의 도발은 박 대통령의 자주국방신념을 더욱 굳혀놓았고, 이렇게 해서 창설된 것이 향토예비군이었다.

당시만 해도 우리 국방은 소총 한 자루 우리 손으로 만들지 못하는 형편으로 완전히 미국에 의존할 수밖에 없는 실정이었다. 우리의 실정은 박 대통령이 정부-여당 연석회의에서 헬리콥터 헌납운동을 벌이라고 지시를 내릴 정도로 한심한 것이었다.

1·21청와대 기습사건에 자극을 받은 박 대통령은 그런 가운데도 무기를 독자적으로 개발해보겠다는 신념 아래 당시의 김학렬 경제기획원 장관을 불러 '4대핵심공장' 계획을 세워 비밀리에 무기제작을 지시한 사실은 국방관계자들 간엔 널리 알려진 얘기다.

　이렇게 해서 부랴부랴 4대핵심공장이 선정되고 대포와 수류탄 등의 개발이 착수됐다. 곧이어 국산개발 무기의 시범 사격대회가 ○○기지에서 박 대통령 참관하에 실시됐다. 그러나 시범대회는 목표지점인 앞산으로 날았어야 할 포탄이 박 대통령이 앉은 관망대 바로 앞에 떨어지는 가슴 쓰린 희극으로 끝났다. 하지만 박 대통령의 무기 자력생산의 집념은 후퇴할 줄 몰랐다.

저녁 굶으며 애그뉴와 철군 논쟁도

　박 대통령이 안보에 대해 절실감을 느낀 것은 69년 닉슨 대통령의 '괌독트린' 선언. 특히 다음해 8월 24일 내한한 애그뉴 미 부통령은 주한미군 2개 사단 중 미7사단을 철수하고 잔여 2사단의 병력도 72년 6월 이후부터는 불철수를 보장할 수 없다고 청천벽력 같은 선언을 했다.

　당시 박 대통령과 애그뉴 부통령 간의 청와대 회담에서 "선 국군현대화, 후 미군철수"를 부르짖으며 저녁식사까지 거르고 애그뉴 부통령과 격론을 벌인 사실은 유명한 일화다.

　이날 회담 끝에 박 대통령이 굳힌 결심은 안보의 비미국화, 결국 "내 나라 내 강토는 우리 손으로 지킬 수밖에 없다"는 것이었다.

71년 미7사단이 이 땅에서 완전히 철수해버린 후 1백55마일 휴전선에서 미군은 완전히 제2선으로 물러섰고, 전 전선은 우리 국군이 맡아야 했다. 미국은 7사단을 철수시키면서 5개년에 걸쳐 15억 달러의 무상지원 약속을 했지만 이 약속을 질질 끌어 7년 동안에 겨우 9억 달러의 무상지원만을 해주고 말았다.

박 대통령은 이러한 미국 측의 태도에서 결국은 잔여 병력도 이 땅에서 철수하고야 말 것이라고 내다보고 방위산업 육성에 박차를 가했다.

사이공 함락 후 방위산업 박차

방위산업육성 등 자주국방의 기치를 본격적으로 내세운 것은 75년 4월 30일, 절대로 적의 손에 떨어지지 않을 것이라던 사이공이 함락된 때부터였다.

미국의 많은 학자들이 미국과 월맹 간의 협상으로 월남의 정권 유지는 가능할 것이라고 내다보았지만, 이 같은 장담이 허무하게 무너지고, 이러한 사태에 고무된 북괴의 김일성이 북경나들이를 하는 등 남침적화에 급급할 때 박 대통령은 긴급조치9호 발동과 민방위대 창설 등으로 우선 국내의 정치적 불안정 요소를 제거하고 "북괴가 남침할 경우 섬멸할 자신이 있다"고 서슴없이 선언했다.

경제적으로 어느 정도 안정을 되찾게 되자 박 대통령은 방위산업 육성에 몰두했다. 그는 무기생산도 경제성이 뒤따라야 한다는 점을 강조, 대만이나 북괴처럼 조병창에서 생산하는 식을 탈피, 일반기업체에 맡기기를 서슴지 않았다.

우선 해외에서 공부한 우수한 두뇌들을 국내로 유치하기 시작했다. 당시 이를 지켜본 미국이나 일본의 군사전문가들은 유치되는 두뇌들의 구성 멤버들로 미루어 "한국이 핵을 개발하거나 정밀 고도무기를 개발하기에 충분하다"고 입을 모았을 정도였다.

하지만 무기생산에 필요한 도면도 없었다. 미국은 도면제공에 인색했다. 발칸포 개발만 해도 미군이 우리에게 제공한 20정의 발칸포를 완전분해, 이를 토대로 도면을 만드는 등 숱한 고생 끝에 우리 손으로 훨씬 성능이 우수한 것을 생산해내는 그런 식이었다. 우리 손으로 독자적 생산이 가능해지자 그때서야 미국이 도면을 제공할 정도였다.

대북괴(對北傀) 국민태도 자신감 심어

박 대통령은 방위산업을 육성하는 한편 "만약 6·25와 같은 비극이 되풀이된다면 조국통일이 몇 십 년 또는 몇 세기 더 늦어질 것이 분명하므로 우리는 이 같은 만일의 경우를 대비해서 초전박살의 정신으로 만반의 준비를 해야 한다"고 국민들에게 통일의 의지를 심어주기에도 게을리하지 않았다.

박 대통령의 이러한 집념은 끝내 꽃을 피웠다. 박 대통령은 76년 연두기자회견에서 "우리는 모든 분야에서 북괴를 앞질렀다"고 자신있게 선언했다.

그때까지만 해도 언제나 국방비 지출면에서 열세를 면치 못하던 한국이 75년 말로서 북괴와 같은 규모로 성장했던 것이다.

그러나 미국의 지원은 날이 갈수록 기대할 수 없는 급박한 상황으로 치달았다. 미국의 대통령선거전에 도전한 카터 후보는 선거공약으로 한국에서의 미군완전철수 핵기지철수를 내세웠고, 대통령에 당선된 뒤엔 이를 실현키 위해 하비브 국무차관과 브라운 합참의장을 파견, 주한미지상군의 완전철수를 통고하는 등 본격적인 철군 작업을 서둘렀다.

　이에 앞서 카터 대통령은 취임 직후 박동진 외무장관을 워싱턴으로 불러 자신의 철군공약이 변함없음을 통고하기도 했다.

　박 대통령은 그러나 이러한 미국의 통고를 "올 것이 왔다"는 식으로 담담히 받아들이고 "이는 69년 닉슨 대통령의 괌독트린 이래 일관된 정책기조이니, 우리는 앞으로 더욱 자주국방태세에 만전을 기하자" 다짐했다.

　박 대통령은 "유비면 무환"이란 신념 아래 미국이 한−미상호방위공약만 지켜주면 북괴와 1대1 경쟁에서 반드시 이길 수 있다는 자신감을 국민에게 불어넣어 주었다.

　박 대통령은 이러한 현실을 그대로 받아들이면서 고도정밀무기개발을 위한 기술제휴와 한반도의 긴장 억지를 위한 방편으로 한−미연합사 발족을 서둘러 사실상의 미군철수 방지장치를 설치하기에 성공했다.

　76년 8월 18일 판문점 공동구역에서 북괴군이 미군장교 2명을 도끼로 죽이는 만행을 보였을 때 박 대통령이 내린 결단은 스틸웰 유엔군 사령관 등 미국의 고위군사전문가들도 혀를 내두를 정도였다.

당시 미국 측은 이를 단순히 휴전선상에서 흔히 볼 수 있는 자그마한 사건으로 간주하려는 움직임이었다.

그러나 박 대통령은 스틸웰 유엔군 사령관에게 "본때를 보여야 한다"고 강조, 끝내 북괴군의 콧대를 꺾는 데 성공할 수 있었다.

유엔군 측은 박 대통령의 건의에 따라 판문점의 미루나무를 제거, 당시 상황은 전쟁발발 일보 전까지 치달았다.

모든 국민은 아무 낌새도 차리지 못하고 편안한 잠을 자고 있는 동안 청와대는 물론 전 군이 비상태세에 돌입, 만약의 사태에 대비했다.

결과는 북괴 김일성이 유엔군 사령관에게 '유감'의 뜻을 표명하고 물러서는 것으로 일단락되어 북괴의 남침야욕은 박 대통령의 과단성 있는 결단으로 저지시킬 수 있었다.

스틸웰 유엔군 사령관이 박 대통령의 결단에 보답하기 위해 판문점에서 자른 문제의 미루나무로 '기념패'를 만들어 박 대통령에게 증정한 얘기는 너무 유명하다.

그해 10월 1일 국군의 날 행사 때 비서관들이 치사(致辭)를 써서 올리자, 마음에 차지 않는다는 듯 "친애하는 국민 여러분"의 서두에서부터 끝까지 직접 펜을 들어 치사를 쓴 것이 그 유명한 "미친개는 몽둥이로 다스려야 한다"는 강경한 대북괴 일전불사의 의지표현이었다.

박 대통령의 자주국방에 대한 의지와 불퇴전의 용기와 결단은 미국의 고위장군이나 군사학자들에게 더욱 잘 알려져 있다.

카터 대통령이 철군공약을 강행하려 했을 때 대부분의 주한

미군 장성들은 카터의 입장보다는 오히려 박 대통령의 입장을 지지했고 싱글러브 장군은 노골적이고도 공개적으로 카터를 비난할 정도였다. 당시 일부 미군 고위장성들은 박 대통령을 두고 "우리나라도 저와 같은 대통령이 있었으면…" 하고 감탄을 금하지 못했다는 얘기도 유명하다.

홀링 스워드 장군 같은 사람은 박 대통령의 "현 전선에서 북괴군을 격퇴한다"는 초전박살 개념에 탄복하여 예편이 된 후에도 군사전문가로서의 박 대통령에 대한 존경의 마음을 지니고 있을 정도다.

유엔군의 작전개념에 서해5도가 빠져 있다는 수긍치 못할 논란이 있었을 때도 박 대통령의 굳은 결단에 의해 스틸웰 장군의 두 차례에 걸친 서해 방문과 미 국방성에 대한 건의가 이뤄지고, 그 해 있은 한-미안보회의는 박 대통령의 결단대로 서해 5도를 작전개념에 포함시키는 결정을 내렸다.

카터 대통령 방한시 박 대통령으로부터 훈장을 받은 베시 유엔군 사령관은 사석에서 "미국의 철군정책에 근본적인 변화가 없다면 이 훈장을 받을 수 없다"고 털어놓았을 정도로 박 대통령의 입장을 지지했다.

도면 한 장 없이 시작한 방위산업은 155밀리포는 물론 발칸포 탱크 미사일까지 생산할 수 있을 정도로 성장했고, 오차는 1천분의 1도 없을 정도로 정밀해 같은 개발도상국의 부러움을 사기에 충분했다.

78년 10월 1일 여의도 광장에서 있은 국군의 날 행사는 국산

장비, 국산무기를 온 세계에 과시하는 잔칫날이었다. 전 세계에서 이를 참관키 의해 초청된 군수뇌들은 국산무기의 우수함에 감탄, 열린 입을 다물 줄 몰랐고 이후부터 각국에서 우리의 기술제공과 무기판매를 요청해와 일부 외신에서 "한국이 무기를 수출한다"는 보도가 나갔을 정도였다. 이제 우리의 방위산업은 전투기를 제외하고는 헬리콥터 M48 A5탱크 사이드와인더 미사일의 양산단계에 들어섰다.

전 유엔군 사령관이었던 스틸웰 장군은 예편 후 자신이 기고한 글에서 박 대통령을 다음과 같이 묘사한 일이 있다.

"그와 만날 때마다 느껴지는 나의 감정은 자기 조국을 위해서 그처럼 노심초사하는 정치인이 있을까 하는 것이었다. 한국의 당면한 목표는 두말할 나위도 없이 전쟁억제와 평화로운 삶의 영위일 것이다. 박 대통령은 이 목표를 거의 성취했으며 이의 완전한 달성을 위해 정진하고 있다. 나는 그를 일방적으로 높게 평가하려는 게 아니다. 한때 한국방위의 일익을 담당했던 맹방의 전직 사령관으로서 한국통치자를 있는 그대로 평가코자 하는 것이다."

청와대 대접견실에 박 대통령의 빈소가 차려지자마자 스틸웰 장군이 부인과 함께 영전에 향을 올린 것은 이 같은 '존경의 염'과 박 대통령의 자주국방을 향한 의지가 영원히 계속되기를 바라는 마음 때문이었을 것이다.

(『조선일보』, 1979. 10. 30)

4. 문화과학 개발

선조 유산은 애국교육의 현장

자주의식 속에 전통문화 키워

77년 6월 어느 일요일 아침, 김성진 문공부 장관은 청와대로부터 "빨리 들어오라"는 전화를 받고 황급히 달려갔다. 마이크로버스를 준비해놓고 영식 지만군과 경호실 직원 몇 명과 함께 기다리던 박 대통령은 그가 도착하자마자 차를 강화도로 몰았다. 박 대통령은 고려시대 몽고족 등 외국과 싸웠던 유적지를 차례로 둘러보며 강화도 유적지의 보수·복원을 처음 지시했다.

박 대통령은 강화도조약의 유적지에서 "굴욕적인 역사가 점철된 이곳을 굳이 복원할 필요가 있느냐"는 김 장관의 말에 "그게 아니다. 선조들이 잘못해서 그 같은 수모를 당한 것이므로 이 같은 역사의 현장을 그대로 복원하고 그 자리에 다시는 이런 굴욕의 역사가 되풀이돼서는 안 된다는 뜻을 잘 기록해두어야 한다"고 말했다. 또 수비대장인 어재연 장수의 비각을 자세히 살핀 후 "역사를 기록할 땐 장수의 공적뿐 아니라 그 밑에서 산화한 이름 없는 병사들의 공적도 공평하게 기록, 찬양해야 한다"면서 어 장수의 비각 밑에 무명용사의 탑을 세우도록 지시했다. 이 같은 지시 이후 복원된 칠백의총을 비롯, 의병대장 사당 등에 반드시 무명용사의 위패나 탑이 곁들여 건립됐다.

박 대통령은 간단없는 외세의 침략과 온갖 시련을 극복한 선

열들의 호국유적지야말로 값진 민족문화의 유산이며, 이곳은 국민들에게 나라사랑의 애국심을 길러주는 사회교육의 현장이라고 항상 말해왔다. 때문에 박 대통령은 전통문화를 되살리고 국민들의 정신적인 구심점이 되도록 하기 위해 선조들의 호국유적지 정화-복원사업에 많은 힘을 기울인 것이다.

76년 가을 어느 날 박 대통령은 예고 없이 관계관을 대동하고 세종대왕의 능인 영릉이 있는 여주를 둘러보고 퇴락해가고 있는 능을 성역화하라고 지시했다. 2년여의 공사 끝에 영릉성역화가 완공되자, 박 대통령은 준공식이 끝나고 서울로 돌아오는 차 안에서 그처럼 기뻐할 수가 없었다.

"대통령은 '무(武)'만 아낀다" 불평에 세종릉 성역화 끝내 "약속 지켰다"

"이제 내가 약속은 지켰다"는 것이다. 무슨 약속이냐는 측근 인사의 물음에 박 대통령은 "내가 온양의 충무공 현충사를 넓히고 성역화하니까 학계와 문화계 등에 있는 많은 사람들이 불평하기를 '대통령은 군인출신이니까 무장(武將)만을 위한다'고 불평한다는 얘기를 들었다. 이를 일일이 들어 대꾸할 생각이 없어 내 마음속으로 나 자신에게 약속했지. 내가 무장 출신이므로 무장만 위하는 게 아니고 일의 순서로 잡았을 뿐이므로 문화, 예술, 학문상에 지대한 업적을 남긴 분의 유적도 현충사 못지않게 가꾸겠다고 스스로 약속했었다"고 털어놓은 것이었다.

박 대통령은 세종대왕의 업적 가운데 한글의 창제야말로 근세 한국의 민족문화의 혁명이며, 자주적 민족의식의 발로인 동시에 국민교화의 일대혁신(박 대통령 저서 『우리 민족의 나아갈 길』)이라고 평가하고, 공문서의 한글전용 영단을 내렸었다. 박 대통령은 우리에게 많은 유산이 있지만, 그 가운데 민족문화의 큰 분수령을 이루는 게 한글이라면서, 어려운 일이 있을 때마다 사대주의자의 반대 속에서 한글을 만드신 세종대왕을 항상 생각한다고 되뇌었다.

박 대통령은 일본에서 '한국미술 5천년전'을 할 때 문화재를 옮기는 관계자들에게 "저 문화재가 단순한 문화재라고 생각지 말라. 우리 조상의 얼이 잠시 일본으로 나들이 가는 것으로 생각하고, 그 보존에 성심성의를 다하라"고 지시, 전통문화에 대한 누구보다도 깊은 사랑을 표시했다. 박 대통령의 전통문화에 대한 인식의 밑바탕에는 자주의식이 강하게 자리를 잡고 있으며, 여기에서부터 자주국방, 자립경제, 국적 있는 교육 등 민족중흥을 위한 각종 시책이 가지 뻗어 나왔다고 할 수 있다.

이러한 자주의식의 표현으로 국학연구, 고전국역 및 현충사, 오죽헌 등 각종 문화재의 보수-복원, 교육헌장의 제정 등 장구한 기간에 걸쳐 이룩될 사업들이 불과 10여 년 동안에 이뤄졌거나 지금 이뤄지는 도중에 있는 것이다.

박 대통령은 작년 1월 초순 목감기를 심하게 앓는 도중, 찬바람을 쏘이지 말라는 의사의 강력한 엄명(?)에도 마스크를 한 채판교의 청계산 국사봉 기슭에 건설중인 한국정신문화연구원 현장을 둘러보기도 했다.

박 대통령은 하와이 이민 70년 기념행사에 참석하고 돌아온 김 장관으로부터 "하와이에 처음 이민 온 할머니 할아버지들이 여전히 우리말을 잊지 않고 있으며, 한국옷을 그대로 입고 있더라"는 보고를 듣자 주위의 만류에도 차를 타고 정신문화연구원 공사장으로 직행, 공사관계자들을 격려했다. 명당으로 소문난 이곳에 직접 터를 잡았던 박 대통령은 현장을 둘러본 후 "한국의 전통적인 사상—철학이 무엇인지, 빨리 연구하고 이를 현대적으로 소화해서 젊은이들에게 가르쳐주라"고 청소년들에 대한 민족문화 교육에 열의를 보였다.

71년부터 74년까지 두 차례 공사 끝에 완성한 현충사 성역화의 경우 박 대통령 자신이 수없이 자주 내려갔으며, 비서관 한 사람을 상주시키다시피 하여 "어느 구석에 뭣이 있고, 어떤 나무종류가 서 있다"고 말할 수 있을 정도로 소상하게 파악하고 있었다. 박 대통령은 역사책을 틈틈이 읽어 근세사는 거의 완전히 통달, 전문가 영역에까지 이르러 측근들이 오히려 당황할 정도이며, 특히 군인의 귀감으로 삼고 있는 충무공에 관한 부분은 학자 수준에 달했다는 게 측근들의 얘기다. 박 대통령은 문화재의 보수—복원 작업현장에서 단청과 선 하나, 나무 종류에 이르기까지 세밀하게 관심을 표시했으며, 사후관리에 철저를 기하도록 남다른 당부를 해왔다.

그동안 의령의 충익사(곽재우 장군 사당), 해남 표충사(서산대사 사당), 충주 충렬사(임경업 장군 사당) 등 많은 유적들을 보수 복원해오다가 지난 78년 강화의 고려궁지 정화사업 때 박 대통령의 지시가 계기가 되어 재래식 기와보다 강도나 규격, 모양

등이 뛰어난 표준기와가 등장하기도 했다.

　박 대통령은 민족문화의 보존 유지에만 그치지 않고 전통문화를 합리적으로 계발하는 운동에도 힘썼다. 즉 그동안 유교적인 형식주의로 일관, 빈곤의 악순환을 초래한 생활규범을 69년 3월 5일 가정의례준칙 제정으로 뜯어고쳐 시행한 점과, 충-효-예의 생활규범운동이다.

　후자의 경우 "민주사회에선 통용될 수 없다"는 일부 학자들로부터 반대가 있었으나 동양적인 사상을 현대적으로 재정립하려는 노력은 일단 긍정적인 평가를 받고 있는 형편이다.

　박 대통령이 이룩한 업적 가운데 경제건설 등은 당장 2~3년 내 눈앞에 나타나지만 학술, 문화예술 등에 대한 부분은 20~30년이 지난 후에야 그 결과를 알 수 있을 것이다. 문화면에서 근대화를 추진해온 박 대통령의 뜻을 더욱 이어받기 위해서는 민족의 문화전통을 살려야 하고, 이를 기초로 하여 자주정신의 횃불이 국민의 가슴속에 영원히 이어져나가야 한다고 김성진 문공부 장관은 말하고 있다.

"과학 앞선 민족, 세계 지배" … KIST 세워

　박 대통령이 경제건설, 특히 고속도로 건설과 거의 맞먹을 정도로 집념을 보인 부문은 과학기술의 계발이었다. 혁명 초기 때에는 수학을 전공한 사범학교 동기동창인 김병희씨(후에 인하공대 학장)와 당시 원자력연구소장이었던 최형섭씨, 요업계통의 국제특허를 7개나 가졌던 김기형씨를 통해 과학자를 찾으려 무진

애를 썼다. 결국 국내 과학자보다 해외에 있는 우수한 우리 두뇌들을 유치키로 결정, 3년간의 작업 끝에 66년 존슨 미국 대통령의 방한선물로 KIST(한국과학기술연구소)를 설립키로 했다.

66년 3월 홍릉에서 착공식을 갖고 공사를 시작했으나 민간인이 맡은 건설공사는 지지부진했다. 박 대통령은 때때로 당시 건설담당 비서관이었던 박명근씨(현 공화당 의원)를 불러 "차를 대라"고 지시한 후 건설부지를 찾아가 작업을 독려하곤 했는데, 작업진도가 늦자 조모 대령을 단장으로 하고 육사를 나온 위관급의 전기, 토목, 건축전문의 장교들에게 '공사감독관'을 편성, "공사를 책임지고 빠른 시일 내에 완공시키라"고 불같은 지시를 내렸다. KIST는 결국 이들의 손에 의해 세워졌다. 설립 초기엔 문화재 관리위원들이 이 기구가 뭣을 하는 곳인지 잘 이해를 못한 탓인지 장소 선택을 놓고 맹렬하게 반대했음은 물론이다.

박 대통령은 68년 연두기자회견 때 "20세기 후반은 과학기술이 앞선 민족이 세계를 지배한다"고 과학기술 개발의 필요성을 역설했다. 박 대통령의 해외두뇌 유치작전은 초기엔 별로 지원자가 많지 않아 많은 어려움을 겪었다. 매년 1회씩 국내에서 해외 과학자대회를 열어 국내 경제발전과 실태를 이들이 돌아보게 한 후 귀국토록 하는 등의 방법으로 KIST는 차츰 윤곽이 잡혔으며, 초기에 귀국한 과학자들이 현재 각종 전문연구소의 장(長)이 되고 있는 실정이다. 박 대통령은 과학자대회에 참석할 과학자들의 상당수가 병역미필인 관계로 모국 왕래가 현행법상 어렵다는 보고를 듣고 국방부 측의 반대에도 73년부터 이들에 대해서만 예외로 왕래토록 결정을 내린 일도 있다.

KIST가 국내기술의 핵심적인 역할을 담당하게 되자 박 대통령은 과학자를 양성할 기관으로 73년 과학원 설립을 구상했다. 그러나 서울대를 비롯한 교육계에선 "대학에 석사학위 코스가 있는데 무엇 때문에 따로 과학원을 만드느냐"고 맹렬하게 반대하고 나섰다.

과학원 설립에 찬동하는 사람들이 별로 없는 가운데 박 대통령은 이 계획을 밀고나갔다. 방침이 결정되자 이번엔 문교부와 과학기술처가 관할권 문제로 크게 대립했으며, 과학원법이라는 독립법을 만드는 등 설립준비에만 1년 반이 걸렸고, 과학원 건물 및 시설 건설 등은 다음해 예산에 계상하는 외상(外上)공사를 하기도 했다.

과학자를 우대한다는 박 대통령의 방침이 널리 해외에 알려지자 76년엔 한때 노벨상 수상 후보로 거론되기까지 한 이태규 박사가 과학원 교수로 귀국하게 됐다. 박 대통령은 이 소식을 듣고 어린이처럼 기뻐했다. 박 대통령은 비서진을 보내 과학자들의 봉급, 주택실태 등 대우문제를 파악해보라고 지시하는 한편, 다른 요구사항이 없는가 알아보도록 각별하게 배려하여 과학자들을 감격케 했다. 박 대통령은 고도성장을 지속하기 위해서는 과학기술의 진흥과 기술인력 개발에 힘써야 한다는 점을 처음부터 역설해왔으며, 기능공 육성에 특별한 관심을 베풀었다.

65년 고 육 여사가 생존했을 당시 크리스마스 직전, 박 대통령은 비서진에게 갑자기 "쇠고기 1백 근을 준비하라"고 지시, 당황케 했다. 당시만 해도 일반 정육점에선 이렇게 많은 양을 한

꺼번에 보관하는 곳이 없어 비서실에선 삼각지 근처 미 8군 납품업소에 찾아가 급히 마련했다는데 박 대통령은 몇 시간 후 이를 들고 부평 소재 정수직업훈련원에 찾아가 기능공들을 격려했다는 것이다. 이후 성동, 금오, 부산기계공고 등 세계적 수준의 공고가 91개로 늘어났고, 각 기업체의 기술양성소 설립이 본격화됐다. 또한 전국 지방대학에 특성화 대학이 지정되는 등 과학두뇌의 양성이 활발해졌다.

박 대통령은 기술개발 없이는 중화학공업 육성을 기대할 수 없으며, 민간기업들은 정부보호나 지원만 기대할 게 아니라 기업합리화와 함께 기술혁신을 하여 국제경쟁을 이겨나가야 한다고 역설, 각 민간기업의 기능공양성소 및 연구소 설치를 적극 권장해왔다. 이 결과 77년 네덜란드에서 열린 제23회 국제기능올림픽서 한국이 처음으로 서독, 일본 등을 누르고 종합 1위를 차지하게 되자 박 대통령은 "어느 국제경기종목에서 우승한 것보다 기분 좋은 장한 일"이라고 크게 칭찬한 바 있다.

우리의 기술수준은 60년대 KIST와 특정 전문연구기관 20개소로 특징지어지는 70년대를 거쳐 구미, 창원, 여천공업단지를 가졌고, 이제는 80년대 민간주도형의 전 국민 과학화운동을 눈앞에 두고 있다. 전통문화의 계승과 중화학공업 육성을 위한 박 대통령의 집념은 이미 성숙단계에 접어들고 있으나 이를 꽃피우고 결실을 볼 때까지 이 유업은 꿋꿋이 계승되어야 할 것이다.

(『조선일보』, 1979. 11. 2)

5. 통일에의 의지

통치의 궁극적 목표이며 신앙

'8·15선언'으로 평화협상 주도

고 박정희 대통령에게 있어 한반도의 평화적 통일은 통치의 궁극적 목표였으며, 하나의 신앙이었다. 5·16혁명 후 강력히 추진해온 근대화작업 및 국력배양의 채찍질이나, 자주국방의 드높은 구호, 유신체제의 확립 등은 모두 통일에의 길과 연관되어 있다.

박 대통령은 지난 70년 1월 9일 연두기자회견을 통해 "70년 대는 우리가 통일문제에 대해 보다 적극적으로 접근을 시도해야 할 연대요, 이에 대비할 여건과 기반조성을 위해 국력을 급속히 신장시켜 나가야 할 시기"라고 밝히면서 "언제인가 나는 조국 근대화 작업이라는 것은 조국통일의 하나의 중간목표라고 얘기한 기억이 있다"고 상기시켰다.

그 뒤 행해진 대내외의 숱한 발언이나 연설에서도 통일문제에 대한 이 같은 개념은 변함이 없었으며, 통일에 대한 박 대통령의 집념은 한때나마 우리에게 평양시가를 활보케 하는 4세기 만의 감격을 안겨줬던 것이다.

72년 8월 30일, 평양에서 남북적(南北赤) 대표가 처음으로 머리를 맞대고 이산가족 문제를 협의하는 '기막힌' 광경을 우리가 목격케 된 데는 미-중공 접근 같은 국제정세의 변화라든지 하는 차원만으로는 설명이 될 수 없을 것 같다.

최초의 남북대좌 성사는 국토통일원 개원(69년 3월 1일) 등 제도적 장치의 보강을 바탕으로 70년의 '8·15 평화통일 구상' 선언이라는 박 대통령의 적극적 이니셔티브에서 비롯됐다고 봐야 할 것이다. 박 대통령은 이 선언에서 "나는 남북한에 가로놓인 인위적 장벽을 단계적으로 제거해나갈 수 있는 획기적이고 보다 현실적인 방안을 제시할 용의가 있다"고 밝히고, "민주주의와 공산독재의 그 어느 체제가 국민을 더 잘살게 할 수 있으며, 더 잘 살 수 있는 여건을 가진 사회인가를 입증하는 선의의 경쟁에 나설 용의는 없는가"고 물었다. 이 '선의의 경쟁'은 통일에 이르기까지의 과도적인 평화공존을 의미하는 것이며, '평화'를 강조하는 것은 어떻게 해서든지 민족의 멸종만은 피해야 한다는 신념에 따른 것이다.

한반도에서 전쟁이 일어나면 반드시 핵전(核戰)으로 확대될 것이 분명한 이상, 우선 이를 피할 수 있게끔 장치를 마련해야 한다는 것이 박 대통령의 절실한 생각이었던 것이다. 박 대통령은 8·15선언을 하기 전부터도 측근들에게 "조국통일이 아무리 절실히 요망된다 하더라도 전쟁을 통해서는 안 되며, 시간이 걸리더라도 단계적으로 풀어나가야 한다"고 언제나 강조해왔다 한다. 당시 북괴는 4대 군사노선 등을 통해 무력확장에 전력을 쏟았고, 기울어져만 가는 월남전 추이, 닉슨 독트린 선언 등은 김일성으로 하여금 대남 무력침공의 호기를 노리게 했던 위기의 시대였음을 박 대통령은 절감한 것이며, 전쟁을 예방키 위해,

궁극적인 평화통일의 목표달성을 위해 '결단'을 내려야 했던 것이다.

밀사를 적지(敵地)에 파견 〈7·4공동성명〉 탄생시켜

이 결단은 한마디로 72년 5월 2일 이후락 당시 중앙정보부장의 평양 밀파에서 잘 드러나고 있다. 긴장을 완화하고 전쟁을 막으려면 우선 상호신뢰의 분위기가 조성돼야 하며, 이 부장을 적지로 보내는 모험적 결정을 함으로써 신뢰에 이니셔티브를 취했고, 막혔던 남북관계에 실마리를 준 것이다.

이 부장의 평양행을 결정하기까지 박 대통령의 고심은 짐작하고도 남음이 있을 것이다. 박 대통령은 73년 연두기자회견에서 "작년에 이 부장을 평양으로 보낸 것은 하나의 큰 모험이었다. 나는 이 부장을 평양으로 보내면서 우리나라 3국시대의 역사를 회고해봤다…"고 술회했다.

단신으로 고구려 평양에 간 신라의 김춘추가 억류되고 말았던 고사를 박 대통령은 1천 몇백 년 뒤에 홀로 되씹으며 잠을 이루지 못했던 것이다.

그런데도 당시 공보비서관이었던 선우연 의원(유정)이나, 임방현 청와대 대변인 등은 "이 부장이 평양에 간 줄은 전혀 낌새도 채지 못했다"고 말하고 있다. 7·4남북공동성명이 발표되기 바로 전날에야 박 대통령은 비서진들에게 "이 부장이 평양에 갈 때 청산가리를 가져갔다고 하더라"고 느닷없이 한마디 던졌고, 그제서야 사태를 알아차리게 됐다고, 이들은 그때의 놀라움을 얘기했다. 박 대통령은 이 부장의 평양행을 최종 결정한 뒤 '특수지역 출장에 관한 대통령훈령'을 4월 26일에 작성, 하달했다. 이 훈령에서 박 대통령은 ▶조국의 통일은 궁극적으로 정치적 회담을 통한 평화적 통일이어야 하며, ▶4반세기 동안 모든 분야에서 상호 상이한 제도하에 놓여 있는 남북의 실정을 직시, 통일의 성취는 제반문제의 해결을 통해 이뤄져야 하며, ▶우선 진행중인 남북적(南北赤) 회담을 촉진시켜 인도적 문제의 조속한 해결을 보도록 할 것이며, ▶경제, 문화 등 비정치적 문제를 풀어나가면서 정치적 문제로 이행하며, ▶남북 간 분위기를 호전시키기 위해 비현실적인 일방적 통일방안의 선전적 제안을 지양하는 동시에, 대내외적으로 남북간 상호 중상 및 비방을 중지하며, 직·간접적인 무력행동으로 상대방을 괴롭히는 처사는 일체 없어야 한다는 '대한민국의 기본입장'을 김일성에게 제시토록 지시했다.

5월 2일부터 3박 4일 동안 평양에 머물면서 이 부장은 김일성, 김영주와 각각 두 차례 회담을 가졌고, 해방 이후 남북 간에 이뤄진 유일한 합의문서인 7·4공동성명을 탄생시켰다. 지금은 공화당 의원인 이후락씨는 당시를 얘기하면서 "김일성에게 1·21 청와대 습격사건 등을 질책했더니, 김은 박 대통령에게 대단히 미안한 사건이었고, 앞으로 절대로 전쟁하지 않겠다고 박 대통령에게 전해달라고 했다"고 말했다.

그때 남북회담을 시작하지 않았더라면 벌써 전쟁이 일어났을 것이라고 이씨는 강조했다. 70년과 71년 남북 간의 상태는 북한

은 전쟁준비에 박차를 가하고 있고, 우리는 이에 대응하여 비상사
태를 선포하는 등 우발적일지라도 언제 전쟁이 일어날지 예측할
수 없는 상황이었다는 것이다. 자신의 밀파가 자칫하면 정권이 넘
어가는 국내 사태를 불러올지 모르는데도 박 대통령이 조서를 내
린 것도 오직 애국심 때문이 아니었겠냐고 이씨는 말했다. 이씨의
평양행에 이어 김일성은 박성철을 서울로 내려보냈다.

5월 31일 박성철이 청와대로 박 대통령을 예방하자 대통령은
박에게 "남북 대화의 성패는 그 관건이 상호불신의 제거에 있으
며, 남북분단의 현실을 직시하여 해결이 가능한 쉬운 문제부터
단계적으로 해결해나가야 할 것"을 누누이 당부했고, 박도 이에
공감했었다고 관계자들은 전하고 있다. 박 대통령의 과감한 결
단으로 결국 전쟁의 위기는 해소됐고, 남북 간 대화의 개화기는
73년 중반까지 계속됐다. 이 부장의 평양행을 결정했기에 남북
적(南北赤) 예비회담도 끝나 본회담으로 이어질 수 있었던 것이
며, 남북 조절위 회담이 탄생할 수 있었던 것이다.

남북 간 자주평화통일 원칙에 합의한 역사적인 7·4성명이
발표됐을 때 많은 국민들은 남북통일이 내일모레쯤이면 이뤄지
는 것처럼 착각했던 게 사실이다. 그러나 박 대통령 자신은 결
코 장밋빛 환상에 빠지지 않았으며, 진작부터 앞날의 진전을 깊
이 우려했다고 관계자들은 말하고 있다.

7·4성명이 발표되고 몇 시간 뒤인 7월 4일 오후 박 대통령은
비서관들을 불러모은 뒤 공산당과의 대화에 쉽사리 성공한 일은
세계사에 거의 없었음을 지적, "여의치 않으면 그들은 틀림없이

회담을 깨고 우리에게 그 책임을 뒤집어씌우려들 테니, 이제부터 그에 대한 대비책도 연구하라"고 지시했었다고 이들은 전했다. 박 대통령의 예측은 불행히도 어김없이 들어맞았다.

북한 측은 남북적 본회담이 네 번째 열린 72년 11월 전후부터 대남비방, 간첩남파 등을 재개했고 73년 3월의 5차 본회담을 마지막으로 우리 측의 평양행은 끝나고 말았다. 우리 측의 계속적인 노력에도 불구하고 북한 측은 73년 8월 28일 김영주의 이름으로 남북조절위 운영의 일방적 중단을 선언하는 성명을 발표한 것이다.

김영주는 이 성명에서 김대중 사건을 들먹이는 한편, 박 대통령의 6·23평화통일외교정책선언을 '2개 조선노선의 공개적 선포'라고 비난, 중단의 이유로 내세웠다.

박 대통령의 6·23선언은 ▶7·4공동성명 정신에 입각, 남북대화를 성실과 인내로 계속하며, ▶긴장완화와 국제협조에 도움이 된다면 북한이 우리와 같이 국제기구에 참여하는 것을 반대치 않으며, ▶유엔 동시 가입도 반대하지 않으며, ▶호혜평등의 원칙 아래 모든 국가들이 문호를 개방한다는 게 골자이다. 북한 측이 6·23선언을 트집잡는 것은 얼토당토않는 행위일 수밖에 없는 것이다.

박 대통령은 북한 측의 이 같은 태도에 대해 "그들이 남북회담에 응한 것은 그걸 계기로 미국 내 여론을 환기, 우선 주한미군을 철수시켜볼까 했던 것인데, 그렇게 안 되니 깨버린 것"이라고 분석을 하면서도 "그러나 대화는 계속돼야 한다"고 측근들에게 결심을 밝혔다고 한다.

박 대통령은 "통일이라는 궁극적 목표로 볼 때 남북조절위나 남북적(南北赤) 회담이 열렸다는 데 이미 큰 의의가 있는 것"이라면서 "때가 오면 쌍방대표를 전면교체, 회담을 재개하는 방안을 촉구하겠다"고 거듭 다짐했다고 선우연 의원은 당시의 박 대통령의 심경을 전했다.

70년 8·15선언에 앞서 그해 정초 북한 동포에게 보내는 메시지에서도 밝혔듯, 박 대통령에게 있어 민족의 재결합은 반드시 이뤄진다는 역사적 필연성으로 인식돼왔으며, 그는 74년 연두회견에서 남북한 불가침협정 체결을 제의했다.

'선 평화―후 통일'을 대명제로 삼고 소명감 가지고 남북대화 추진

박 대통령은 북한 측의 무반응에도 불구하고 그해 8월 15일 평화통일 3대원칙을 다시 제시했다.

평화통일이라는 민족의 염원을 이루기 위해서는 한반도의 평화정착과 남북 불가침협정이 체결돼야 하며, 동시에 남북간 문호개방과 신뢰회복이 완전히 이뤄지면 공정한 선거관리와 토착인구 비례에 의한 자유총선거를 실시해야 한다고 박 대통령은 제시했다. "선 평화, 후 통일"이라는 박 대통령의 이 대명제는 4반세기 동안 분단돼온 한반도의 현실을 직시할 때 가장 합리적이고 현실적인 통일방안이 아닐 수 없다.

박 대통령이 남북 간의 문호개방과 교류를 그토록 주장해온 것은 너무나 이질화된 민족의 현실을 궁극적으로 동질화하는 데는 이 방법 이외에 도리가 없다는 너무나 당연한 판단 때문인 것이다. 박 대통령은 결국 금년 1월 19일 "어떤 시기, 어떤 장소, 어떠한 수준에서든 남북한 당국이 서로 만나 아무런 전제조건도 없이 대화를 하자"는 획기적 제의를 했다. 그러나 이 제의는 "통일전선전략"을 고수하는 북한 측의 전민족대회 개최 주장 및 7·4성명에 따른 조절위의 존재 부인으로 몇 차례의 변칙대좌만을 낳았을 뿐이다.

박 대통령은 자신의 1·19 제의도 실효를 거두지 못한 데 대해 "절대 실망해서는 안 된다"고 측근에게 말했다 한다. 북한 측이 대화 제의를 진심으로 받아들일 수 없는 것은 그들이 수십 년간 계속돼온 "남조선해방" 구호를 "남북공존"으로 갑자기 바꿀 수 없는 때문이지만, 경제 총량면에서나 방위산업면에서 우리 측이 월등 앞서게 되면 그들이 살길을 찾기 위해서라도 문을 열고 나오지 않을 수 없을 것이라고 박 대통령은 확신했던 것이다.

따라서 우리의 국력이 수출 5백억 달러 돌파 등으로 신장되는 80년대 중반이면 남북통일의 기운은 성숙될 것이라고 박 대통령은 늘 얘기했다고 한다. 자신의 임무는 그때까지 어떤 방법을 다해서라도 전쟁을 막는 것임을 박 대통령은 하나의 소명감으로서 받아들이고 있었던 것 같다고 측근들은 말하고 있다. 박 대통령의 이 같은 '통일의지'는 지난 77년 경주에 통일전을 세운 데서도 엿볼 수 있을 것이다.

그러나 우리가 주목해야 할 것은 '의지'뿐 아니라 어느 정도까지라도 남북대화가 가능케 됐던 국력의 기틀을 그가 마련했다는 데 있을 것 같다. 해방 이후 60년대 말까지만 해도 대화나 교류 제의는 북한 측에서 먼저 해왔던 게 사실이며, 박 대통령의 식량원조 제의에 수치감을 느끼고 있는 북한 측이 지난 64년 3월에는 비록 헛소리였지만 매년 2백만 톤의 쌀을 제공하겠다고 하기까지 했던 사실을 우리는 기억해야 될 것 같다.

(『조선일보』, 1979. 10. 30)

세계 속 '오늘의 한국'

작가의 말 3

    1961년에 시작된 한국의 비약적 전진은 지난 60년 동안 계속되어 왔다. 그 결과 한국은 2021년 7월 유엔무역개발회의(UNCTAD)의 공식선언으로 명실상부한 선진국 대열에 진입하게 되었다.

    물론 그 과정에서 'IMF 사태' 같은 백척간두의 국가적 위기를 맞기도 했으나, 한국 국민은 '금 모으기 운동' 같은 인류 역사에서 선례를 찾을 수 없는 애국심과 창의성의 발휘로 모든 위기를 헤쳐나갔다.

    이제 우리는 새로운 출발선을 찾아야 한다. 그 선 뒤로는 물러설 수도 없고, 앞으로만 가야 하는 출발선…… 세계가 인정하는, 그리고 우리 모두가 기꺼이 동의하는 출발선…… 그 선에 닿았다는 성취에 만족해서 태만해지

거나 교만해지지 않는 출발선…… 바로 그 출발선의 밑
그림을 (우리 겨레를 향한 무한한 긍지를 가지고) "세계 속
'오늘의 한국'"이라는 제목 아래 여러 도표로서 제시하고
자 한다.

앞으로 한국이 이 도표선상에서 어떻게 움직일지는 전
적으로 우리 모두의 노력에 의해 결정될 것이다. 지레
겁먹을 필요도 없지만 안일할 여유도 없다. 한때 선진
국 수준에 도달했던 국가가 그 후로 추락을 거듭해 현재
극심한 사회적 갈등을 겪고 있는 경우가 얼마나 많은가!
반면교사로 삼아야 할 것이다.

2021년 9월
홍상화

1. 선진국 반열에 오른 한국의 위상

'선진국 한국'으로 지위 변경

2021년 7월 2일 유엔무역개발회의(UNCTAD)가 한국의 지위를 개발도상국 그룹에서 선진국 그룹으로 공식 변경했다. 이 기구의 회원국이 선진국으로 지위가 바뀌기는 1964년 기구가 만들어진 뒤 처음 있는 일이다.

제68차 유엔무역개발회의 무역개발이사회 폐막 세션에서 한국의 지위가 '그룹 A'(아시아·아프리카)에서 '그룹 B'(선진국)로 만장일치로 가결됐다. 그간 유엔무역개발회의는 회원국을 그룹 A(99개), 그룹 B(31개), 그룹 C(33개·중남미), 그룹 D(25개·러시아—동구권) 등으로 분류해왔다. 세계 10위 경제규모, 피포지(P4G·서울 녹색미래) 정상회의 개최, 주요 7개국(G7) 정상회의 참석 등 국제 무대에서 한국의 높아진 위상과 현실에 부합하는 역할 확대를 위해 선진국 그룹 변경을 추진해 이번 이사회에서 최종 결정된 것이다. 이번 지위 변경은 세계 무대에서 주요 선진국으로 성장한 한국의 위상을 공식적으로 인정받는 상징적인 절차로 평가할 수 있다.

참고로 한국은 대외 무역수지에 큰 영향을 끼치는 세계무역기구(WTO)에선 2019년 10월 개도국 지위를 포기하겠다고 선언한 바 있다. (참조: 「UNCTAD, 한국 지위 '개도국→선진국' 변경…57년 역사상 처음」, 『한겨레』, 길윤형, 2021. 7. 4)

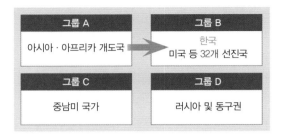

그룹 A	그룹 B
아시아 · 아프리카 개도국	한국 미국 등 32개 선진국
그룹 C	그룹 D
중남미 국가	러시아 및 동구권

그룹 B(선진국) 32개국

1. 안도라	2. 호주	3. 오스트리아	4. 벨기에	5. 캐나다
6. 사이프러스	7. 덴마크	8. 핀란드	9. 프랑스	10. 독일
11. 그리스	12. 바티칸	13. 아이슬란드	14. 아일랜드	15. 이탈리아
16. 일본	17. 리히텐슈타인	18. 룩셈부르크	19. 몰타	20. 모나코
21. 네덜란드	22. 뉴질랜드	23. 노르웨이	24. 포르투갈	25. 산 마리노
26. 대한민국	27. 스페인	28. 스웨덴	29. 스위스	30. 터키
31. 영국	32. 미국			

'30−50 클럽' 가입

2018년 말 한국은 1인당 국민소득(GNI) 3만 1,349달러, 인구 5,183만 명으로 '선진국의 관문'이라 불리는 '30−50 클럽'에 가입한 일곱 번째 국가가 되었다. '30−50 클럽'이란 1인당 국민소득이 3만 달러 이상이면서 인구 5천만 명이 넘는 국가를 의미한다. 기존 '30−50 클럽' 회원국은 미국 · 일본 · 독일 · 영국 · 프랑스 · 이탈리아였다.

'30-50 클럽'을 달성한 국가는 국민소득이 높을 뿐 아니라 인구경쟁력도 갖춘 경제를 가지고 있다는 점에서 일정 규모의 경제 강국이라고 볼 수 있다. 실제로 1인당 국민소득이 3만 달러를 넘지만 인구가 5천만 명보다 적거나, 인구는 5천만 명이 넘지만 1인당 국민소득이 3만 달러는 넘지 않는 국가들도 있다.

그런데 주목할 점은 그 클럽의 다른 회원국 모두는 식민지를 착취한 덕분에 자본을 축적할 수 있었지만, 한국은 피식민지로서 착취를 당하면서도 자본을 축적하여 그 어려운 관문을 뚫었다는 것이다. (참조: 「세계에서 '30-50 클럽' 가입 국가는 한국 포함 7개국뿐」, 『한국경제』, 서민준, 2019. 3. 18)

'30-50 클럽' 국가의 현황(2018년 기준) $ 1인당 국민소득   인구

미국 (가입연도 1997년)
$ 6만 2,850달러
3억 2,906만 명

프랑스 (2004년)
$ 4만 1,070달러
6,512만 명

독일 (1995년)
$ 4만 7,450달러
8,351만 명

이탈리아 (2004년)
$ 3만 3,560달러
6,055만 명

일본 (1992년)
$ 4만 1,340달러
1억 2,686만 명

한국 (2018년)
$ 3만 1,349달러
5,183만 명

영국 (2002년)
$ 4만 1,330달러
6,753만 명

자료: 세계은행

한국은 한국전쟁의 여파로 1953년 1인당 국민소득 67달러에 불과했지만, 경제개발을 시작하면서 빠른 경제성장을 이룬 결과 급속도로 발전하게 되었다. 1960년 120달러, 1977년 1천 달러, 1994년 1만 달러, 2006년 2만 달러, 2018년 3만 1,349달러를 달성하면서 '30-50 클럽'에 당당하게 입성하게 된 것이다.

국가별 명목별 GDP(국가경제력) 순위

GDP(Gross Domestic Product)는 국내총생산으로서 일정 기간

국가별 명목별 GDP 순위 (단위: 십억 달러)

			2020	2019
1	미국		20,933	21,433
2	중국		14,723	14,732
3	일본		5,049	5,080
4	독일		3,803	3,862
5	영국		2,711	2,831
6	인도		2,709	2,869
7	프랑스		2,599	2,716
8	이탈리아		1,885	2,001
9	캐나다		1,643	1,736
10	한국		1,631	1,647

자료: CNBC

(1년) 국내에서 생산된 재화와 서비스의 시장가치 합계를 말한다.

국제통화기금(IMF) 자료에 따르면 2020년 한국의 명목 국내총생산(GDP)은 1조 6,310억 달러(약 1,832조 원)로 세계 10위에 진입했다. 2019년 상위 10개국 중 브라질(9위)이 밀려나고 한국이 이름을 올린 것이다. 한국은 2019년 1조 6,467억 달러로 세계 12위에서 2단계 상승을 보였다. (참조: 「한국, 브라질 제쳐… 작년 10대 경제대국 진입」, 『서울신문』, 임주형, 2021. 4. 21)

국내외 R&D 투자 상위 1000대 기업 현황

한국산업기술진흥원(KIAT)은 '2019년 국내외 R&D 투자 상위 1000대 기업 현황 분석 결과'를 2021년 2월 26일 발표했다. 글로벌 1000대 R&D 투자기업 중 한국 기업은 25개이며, R&D 투자액은 307억 유로로 나타났다.

글로벌 1000대 기업에 포함된 한국 기업의 R&D 투자규모는 2015년 232억 유로에서 2019년 307억 유로로 증가하며 6위를 기록했다. 글로벌 1000대 기업에 포함된 한국 기업의 R&D 투자규모는 지난 10년간 연평균 11.7% 증가했다. (참조: 「2019년 국내외 R&D 투자 상위 1000대 기업 현황 분석 결과」, 한국산업기술진흥원(KIAT), 2021. 2. 26)

글로벌 1000대 R&D 투자기업 중 국가별 보유 기업의 R&D 투자규모 (단위: 억 유로)

순위	2015년		2016년		2017년		2018년		2019년	
	국가	투자액	국가	투자액	국가	투자액	국가	투자액	국가	투자액
1	미국	2,475	미국	2,676	미국	2,520	미국	2,867	미국	3,181
2	일본	914	일본	938	일본	908	일본	993	일본	1,041
3	독일	671	독일	717	독일	767	독일	794	중국	995
4	중국	405	중국	497	중국	569	중국	768	독일	831
5	스위스	268	스위스	272	프랑스	269	프랑스	291	프랑스	315
6	프랑스	267	영국	256	한국	267	한국	287	한국	307
7	영국	246	한국	245	영국	249	스위스	265	스위스	276
8	한국	232	프랑스	236	스위스	245	영국	252	영국	273
9	네덜란드	134	네덜란드	176	네덜란드	173	네덜란드	179	네덜란드	194
10	이탈리아	115	대만	117	대만	124	대만	127	대만	143

* 순위는 글로벌 1000대 R&D 투자기업 중 국가별 보유 기업의 R&D 투자액 합 기준
자료: European Commission, The 2020 EU Industrial R&D Investment Scoreboard

글로벌 1000대 기업은 2019년 기준 미국 기업이 318개로 가장 많으며, 한국 기업은 25개로 8위를 기록했다.

글로벌 1000대 R&D 투자기업 중 국가별 보유 기업의 R&D 투자규모 (단위: 억 유로)

순위	2015년		2016년		2017년		2018년		2019년	
	국가	기업수	국가	기업수	국가	기업수	국가	기업수	국가	기업수
1	미국	351	미국	345	미국	319	미국	319	미국	318
2	일본	159	일본	157	일본	153	중국	147	중국	168
3	중국	89	중국	100	중국	120	일본	145	일본	140

4	독일	70	독일	68	독일	69	독일	70	독일	69
5	영국	49	영국	55	영국	56	영국	51	영국	45
6	프랑스	41	프랑스	36	프랑스	44	프랑스	39	프랑스	35
7	대만	32	대만	31	대만	32	대만	27	대만	26
8	스위스	30	스위스	28	한국 25 / 스위스 25		한국 24 / 스위스 24		한국	25
9	네덜란드	21	한국	25	–		–		스위스	24
10	한국	20	네덜란드	21	네덜란드	23	네덜란드	21	네덜란드	23

* 순위는 글로벌 1,000대 R&D 투자기업의 국가별 보유 기업 수 기준
자료: European Commission, The 2020 EU Industrial R&D Investment Scoreboard

글로벌 1000대 R&D 투자 상위 10대 기업 현황

순위	기업명	국가	R&D 투자액 (억 유로)	전년대비 R&D투자 증가율(%)	순매출액 (억 유로)	순매출액 대비R&D 투자(%)
1	알파벳	미국	232	24.4	1,441	16.1
2	마이크로소프트	미국	172	14.2	1,273	13.5
3	화웨이	중국	167	31.2	1,094	15.3
4	삼성전자	한국	155	8.3	1,771	8.8
5	애플	미국	144	13.9	2,316	6.2
6	폭스바겐	독일	143	4.9	2,526	5.7
7	페이스북	미국	121	32.4	629	19.2
8	인텔	미국	119	−1.3	641	18.6
9	로슈	스위스	108	5.9	65	19.0
10	존슨앤드존슨	미국	101	5.4	730	13.8

자료: European Commission, The 2020 EU Industrial R&D Investment Scoreboard

삼성전자는 전체 매출액의 8.8%인 155억 유로(약 21조 원)를 R&D에 투자했다. 이는 알파벳(232억 유로), 마이크로소프트(172억 유로), 화웨이(167억 유로)에 이어 4위에 해당하는 기록이다. 다만 순위는 2017년 1위(134억 유로)를 차지한 이후 조금씩 하락하는 추세다. 2018년에는 2위(148억 유로)를 기록한 바 있다.

삼성전자 이외에도 LG전자(55위, 28억 유로), SK하이닉스(64위, 24억 유로), 현대자동차(67위, 23억 유로), 기아자동차(132위, 12억 유로), LG화학(194위, 9억 유로), 현대모비스(219위, 7억 유로), 한국전력(258위, 6억 유로) 등이 R&D 투자 상위 1000대 기업에 이름을 올렸다.

국가별 1인당 GDP 순위(명목)

1인당 GDP는 보통 명목 GDP를 총인구로 나눈 값으로, 국가 경쟁력의 지표로 삼는 경우가 많다.

2020년 한국의 1인당 GDP는 31,637달러로 세계 25위에 해당한다. 룩셈부르크가 11만 6,920달러로 1위를 차지하고 있으며, 2위는 스위스로 8만 6,849달러, 3위는 아일랜드가 8만 3,849달러에 달하고 있다. 미국은 6만 3,415달러로 4위, 일본은 4만 146달러로 22위를 차지하고 있다. (참조: https://namu.wiki)

순위	국가	미국 달러($)	인구(만 명)
1	룩셈부르크	116,920	62
2	스위스	86,849	860
3	아일랜드	83,849	499
4	노르웨이	67,176	538
5	미국	63,415	33,000
6	덴마크	60,494	582
7	아이슬란드	59,633	36
8	싱가포르	58,902	577
9	호주	52,824	2,573
10	네덜란드	52,247	1,740
11	카타르	52,144	280
12	스웨덴	51,796	1,037
13	핀란드	48,981	552
14	오스트리아	48,154	890
−	홍콩(중국)	46,753	747
15	독일	45,732	8,315
16	산마리노	44,818	3
17	벨기에	44,529	1,152
18	이스라엘	43,688	921
19	캐나다	43,278	3,797
20	뉴질랜드	41,127	509
21	영국	40,406	6,709
22	일본	40,146	12,575
23	프랑스	39,907	6,512
−	마카오(중국)	36,350	66
24	아랍에미리트	31,982	1,107
25	대한민국	31,637	5,177
26	이탈리아	31,288	6,024
−	푸에르토리코(미국)	30,317	316
27	바하마	29,220	38
−	대만	28,305	2,361
28	몰타	28,293	51
29	스페인	27,132	4,711
30	키프로스	27,053	88

한국의 1인당 GDP 변천 과정 (단위: 달러)

연도	금액	연도	금액
1960년	79	2000년	1만 2,261
1965년	108	2005년	1만 9,399
1970년	253	2010년	2만 3,083
1975년	618	2015년	2만 8,724
1980년	1,714	2017년	3만 1,605
1985년	2,481	2018년	3만 3,429
1990년	6,608	2019년	3만 1,929
1995년	1만 2,569	2020년	3만 1,637

자료: 한국은행(2021. 9)

구매력 기준 1인당 국내총생산(GDP)

구매력지수 기준 국민소득(PPP per capita)은 나라마다 다른 물가나 환율이 동등하다고 가정할 때 상품을 구매할 수 있는 능력을 나타내는 지표로서 실질적인 삶의 수준을 예측해볼 수 있는 지수이다.

IMF에 따르면 2020년 한국의 1인당 구매력지수 기준 국민소득은 44,292달러(27위)로 예측되었다. 이는 일본의 41,637달러(31위)보다 2,655달러나 높은 것으로 평가되어 당초 IMF가 2023년에서야 동일지수에서 한국이 일본을 추월할 거라 예상했던 것보다 2년이나 앞당겨진 것이다.

IMF가 전 세계 1인당 구매력 관련 통계를 작성하기 시작한 것은 1980년이다. 그 당시 한국의 구매력 기준 1인당 국내총생산은 5,084달러에 불과했었고 일본은 20,769달러로 약 4배 이상의 차이가 났었다. 그 후 격차는 점차 좁혀졌고 2019년 한국의 1인당 PPP 기준 GDP는 44,740달러, 일본은 45,546달러로 806달러까지 추격했으며 결국 2020년에 넘어선 것으로 평가되고 있다. (참조: 「한국 구매력지수 1인당 소득에서 일본에 처음으로 앞섰다」, 『국민뉴스』, 윤재식, 2021. 1. 19)

1	룩셈부르크	112,875
2	싱가포르	95,603
3	카타르	91,897
4	아일랜드	89,383
5	스위스	68,340
6	노르웨이	64,856
7	미국	63,051
8	브루나이	61,816
9	마카오	58,931
10	아랍에미리트	58,466
11	홍콩	58,165
12	덴마크	57,781
13	네덜란드	57,101
14	산마리노	56,690
15	오스트리아	55,406
16	아이슬란드	54,482
17	대만	54,020
18	독일	53,571
19	스웨덴	52,477
20	호주	50,845
21	벨기에	50,114
22	핀란드	49,334
23	바레인	49,057
24	캐나다	47,569
25	사우디아라비아	46,273
26	프랑스	45,454
27	한국	44,292
28	영국	44,288
29	몰타	43,087
30	쿠웨이트	41,735
31	일본	41,637

소득 불평등 지수(Gini coefficient)

한국의 지니계수 추이

지니계수를 이용하여 한국의 소득 불평등도를 살펴보면, 2019년 가계금융복지조사의 균등화 처분가능소득 기준 지니계수는 0.339로, 전년에 비해 0.006 감소했다. 지니계수란 사회 전반의 소득분배 불평등 정도를 나타내는 지표다. 1에 가까울수록 불평등하고, 0에 가까울수록 평등하다. 이론적으로 1인이 국가의 부를 다 가진다면 지니계수는 '1'이고 모든 국민이 균등한 부를 가지면 계수는 '0'이 된다. (참조: e−나라지표, 〈지니계수〉)

한국의 지니계수 추이(균등화 처분가능소득 기준)

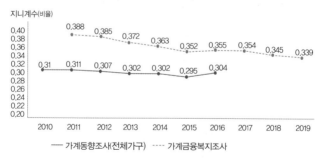

자료: 통계청 「가계동향조사」, 「농가경제조사」, 「가계금융복지조사」

OECD 국가의 지니계수 비교

OECD 자료에 의하면 한국의 소득 불평등 지수(지니계수)는 0.345(2018년)로 OECD 국가 중에서 8번째로 높은 수치에 해당한다. OECD 국가 지니계수 평균은 0.311로, 한국의 지니계수는 평균보다 높다. (참조: 〈Income inequality〉, https://data.oecd.org)

OECD 국가의 소득 불평등 지수(2018년 기준)

자료: OECD

OECD 국가들의 최근 국가부채

한국의 2019년 국가부채는 약 723.2조 원으로 OECD 33개 회원국 중 28위로 재정이 상당히 건전한 상태이다. 한국의 국가 부채는 2019년 국내총생산(GDP) 대비 42.2% 정도로 OECD 평균 110.0에 훨씬 못 미친다. 참고로 일본은 GDP 대비 225.3%, 프랑스는 124.4%, 미국은 108.4%이다. (참조: 「한국, 지난해 국가부채 GDP의 42%…건전성 OECD 6위」, 『한겨레』, 이경미, 2020. 12. 24)

2019년 국가별 일반정부 부채 비교

(단위: GDP 대비 비중(%))

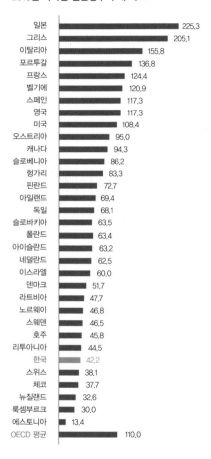

일본	225.3
그리스	205.1
이탈리아	155.8
포르투갈	136.8
프랑스	124.4
벨기에	120.9
스페인	117.3
영국	117.3
미국	108.4
오스트리아	95.0
캐나다	94.3
슬로베니아	86.2
헝가리	83.3
핀란드	72.7
아일랜드	69.4
독일	68.1
슬로바키아	63.5
폴란드	63.4
아이슬란드	63.2
네덜란드	62.5
이스라엘	60.0
덴마크	51.7
라트비아	47.7
노르웨이	46.8
스웨덴	46.5
호주	45.8
리투아니아	44.5
한국	42.2
스위스	38.1
체코	37.7
뉴질랜드	32.6
룩셈부르크	30.0
에스토니아	13.4
OECD 평균	110.0

자료: OECD Economic Outlook No. 108(2020. 12), 한국의 경우 정부작성 일반정부 부
    채 기준

148

최저임금 현황

2019년 기준으로 한국의 시간당 최저임금은 8,350원(8.6달러)이다. 호주의 시간당 최저임금은 12.6달러로 세계 1위, 프랑스가 12.1달러로 2위, 독일·네덜란드·영국·캐나다가 10달러 이상으로 상위 국가이다. 일본은 8달러, 미국은 7.3달러로 한국보다 낮은 수준을 보이고 있다. 러시아가 약 2.4달러로 OECD 국가들 중에서 하위권에 있다.

참고로 한국의 시간당 최저임금은 2020년에는 8,590원, 2021년에는 8,720원으로 인상되었으며, 2022년에는 전년 대비 5.1% 인상되어 9,160원으로 책정되어 있다. (참조: 「OECD 한국경제보고서」, OECD, 2020. 8)

OECD 주요국의 최저임금(2019년 기준) (단위: 달러)

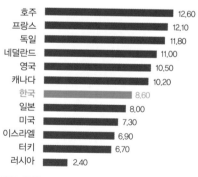

국가	최저임금
호주	12.60
프랑스	12.10
독일	11.80
네덜란드	11.00
영국	10.50
캐나다	10.20
한국	8.60
일본	8.00
미국	7.30
이스라엘	6.90
터키	6.70
러시아	2.40

자료: OECD

주요국의 외환보유액

2021년 7월 말 현재 한국의 외환보유액은 4,587억 달러로 사상 최대치에 달하고 있다. 가장 큰 이유는 수출이 증가해서 무역수지 흑자폭이 증가했기 때문이고, 해외 주식투자로 인한 배당 투자수익이 증가했기 때문이다. 6월 말 현재 한국의 외환보유액은 4,541억 달러로, 규모면에서 중국, 일본, 스위스, 러시아, 인도, 대만, 홍콩에 이어 세계 8위 수준이다.

국가는 외국으로부터 빌린 외채를 지급할 수 있는 일정 정도의 외화를 보유하고 있어야 하는데, 이러한 대외 지급 준비 자산으로 중앙은행이 보유하고 있는 외화 자산을 '외환보유고'라고 한다. 특히 현금성 외환 자산 및 현금화가 언제든지 가능한 수준의 안전성과 유동성을 가진 외화 자산만을 의미한다. 외환보유액이 너무 적을 경우 대외 채무를 갚지 못하는 모라토리움 상태에 빠

외환보유액 추이   (단위: 억 달러, %)

	2017년 말	2018년 말	2019년 말	2020년 말	2021.6월 말(a)	2021.7월 말(b)		전월비 증감(b-a)
외환보유액	3,892.7	4,036.9	4,088.2	4,431.0	4,541.1	4,586.8	(100.0)	45.8
유가증권[1]	3,588.3	3,796.0	3,850.2	4,098.4	4,193.4	4,149.0	(90.5)	-44.4
예치금	206.5	137.3	128.5	202.8	218.9	308.1	(6.7)	89.2
SDR	33.7	34.3	33.5	33.7	35.0	35.0	(0.8)	0.0
IMF포지션[2]	16.2	21.4	27.9	48.2	45.8	46.7	(1.0)	0.9
금	47.9	47.9	47.9	47.9	47.9	47.9	(1.0)	0.0

1) 국채, 정부기관채, 회사채, 자산유동화증권(MBS, 커버드본드) 등
2) IMF 회원국이 출자금 납입, 융자 등으로 보유하게 되는 IMF에 대한 교환성통화 인출권리

질 수 있다. (참조:「외환보유액 4587억 달러 '사상 최대'」,『데일리안』, 부광우, 2021. 8. 4)

주요국의 외환보유액(2021. 6월 말 현재)   (단위: 억 달러, %)

순위	국가	외환보유액		순위	국가	외환보유액	
1	중국	32,140	(−78)	6	대만	5,433	(+3)
2	일본	13,765	(−110)	7	홍콩	4,916	(−29)
3	스위스	10,846	(+115)	8	한국	4,541	(−23)
4	러시아	5,917	(−135)	9	사우디아라비아	4,459	(+87)
5	인도	5,880	(−109)	10	싱가포르	3,984	(+3)

1) ( ) 안은 전월 말 대비 증감액   자료: IMF, 각국 중앙은행 홈페이지

OECD 주요국 실업률

코로나19의 여파로 치솟은 OECD 회원국들의 실업률이 2021년 1월 현재 평균 6.8%에 달했다. 한국 또한 빠르게 악화하면서 21년 만에 최고치 5.4%를 기록했지만, 이는 OECD 회원국들의 실업률 평균보다 낮은 편이다.

실업률이란 노동할 의욕과 능력이 있는 인구 중에서 실업자가 차지하는 비율을 말하며, 그 나라 경제의 건전성 여부를 보여주는 주요 지표이다. (참조:「OECD 주요국 실업률」,『연합뉴스』, 이재윤, 2021. 3. 14)

OECD 주요국 실업률(전년 동월 대비 2021년 1월 25개국 기준)　(단위: %)

스페인 ❶ 16.0
리투아니아 ❷ 9.6
캐나다 ❸ 9.4
스웨덴 ❹ 8.9
라트비아 ❺ 8.5
프랑스 ❻ 7.9
아이슬란드 ❼ 7.2
포르투갈 7.2
슬로바키아 7.2
룩셈부르크 ❿ 6.8
⋮
한국 ⑳ 5.4
OECD 평균 6.8

자료: OECD

OECD 국가의 평균수명

보건복지부가 2021년 8월 발표한 '보건 통계 2021'(OECD 발간) 분석자료에 따르면, 한국 국민의 기대수명은 2019년 기준 83.3년으로 OECD 평균보다 2.3년 길었다. 성별로 보면 남자는 80.3년, 여자는 86.3년으로, 각각 OECD 평균보다 2년, 2.7년 길었다. 기대수명이 가장 긴 일본보다는 1.1년 짧았으며, 미국보다는 4.4년 길었다.

국민 1인당 외래 진료 횟수는 OECD 국가 중 가장 많았고, 의

사·간호사 등 보건 의료 인력은 OECD 평균보다 적은 것으로 조사됐다. (참조:「한국인 기대수명 83.3년··· OECD 국가 평균은 81년」,『조선일보』, 김태주, 2021. 7. 20)

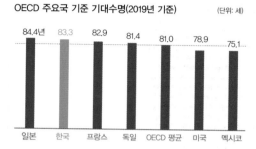

OECD 주요국 기준 기대수명(2019년 기준)　　　(단위: 세)

84.4년　83.3　82.9　81.4　81.0　78.9　75.1

일본　한국　프랑스　독일　OECD 평균　미국　멕시코

자료: 보건복지부

OECD 국가의 대학진학률

OECD 자료에 따르면 한국의 대학진학률은 69.8%로, OECD 국가 중 1위를 차지하고 있다. OECD 평균 44.9%보다 무려 24.9%가 높다. 참고로 일본은 61.51%로 4위, 미국은 50.38%로 11위를 기록하고 있다.

참고로 한국의 대학진학률은 2008년 이래 줄곧 OECD 국가 중에서 1위를 차지하고 있다. (참조: https://data.oecd.org/, ⟨Population with tertiary education⟩)

OECD 국가의 대학진학률(2019년 기준)

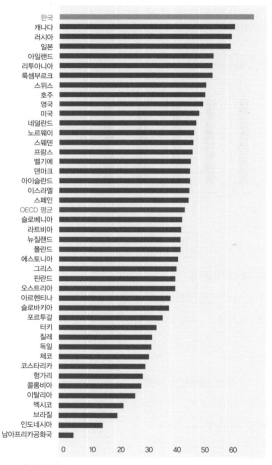

자료: OECD

무비자 여권지수

한국 여권으로 사전에 비자를 받지 않고 갈 수 있는 나라가 191개국에 달해 글로벌 여권 순위에서 3위에 오르는 것으로 나타났다. 2021년 7월 헨리앤드파트너스가 발표한 '헨리 여권지수'에 따르면 한국은 독일과 함께 공동 3위에 올랐다.

글로벌 여권 순위 1위는 일본(193개국), 2위는 싱가포르였고, 핀란드, 이탈리아, 룩셈부르크, 스페인(이하 각 190개국)이 공동 4위를 차지했다. 북한은 무비자로 방문할 수 있는 나라가 39개국에 그쳐 108위를 기록했다. (참조: 「한국, 191개국 무비자 방문…여권지수 세계 3위」, 『연합뉴스』, 구정모, 2021. 7. 11)

글로벌 여권 순위

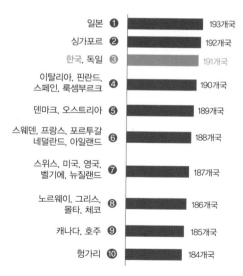

순위	국가	개국
❶	일본	193개국
❷	싱가포르	192개국
❸	한국, 독일	191개국
❹	이탈리아, 핀란드, 스페인, 룩셈부르크	190개국
❺	덴마크, 오스트리아	189개국
❻	스웨덴, 프랑스, 포르투갈 네덜란드, 아일랜드	188개국
❼	스위스, 미국, 영국, 벨기에, 뉴질랜드	187개국
❽	노르웨이, 그리스, 몰타, 체코	186개국
❾	캐나다, 호주	185개국
❿	헝가리	184개국

주요국 대외 순자산 규모

2020년 말 기준 한국의 대외 순자산 규모는 4,775억 달러로 13위를 차지하고 있다. 대외 순자산은 해외에 있는 정부, 기업, 개인의 자산에서 부채를 뺀 것으로, 말 그대로 각국이 해외에 갖고 있는 순자산이다. 해외에 건설한 공장이나 인수한 기업은 물론, 해외 주식 및 채권 투자가 모두 포함된다.

일본이 3조 2,477억 달러로 1위를 점유하고 있으며, 그 뒤로 독일, 홍콩, 중국, 대만이 상위 그룹을 차지하고 있고, 미국은 부채만 14조 921달러를 가지고 있다.

일본은 대외 순자산면에서 1990년대 이후 30년째 1위를 달리고 있다. 일본의 경제 주체들은 '잃어버린 30년'이라 불리는 버블 붕괴 이후에도 꾸준히 해외에 투자를 해왔기 때문에 막대한 해외 자산을 보유하고 있다.

반면에 미국은 오랫동안 채무가 과다하다는 점에서 경종을 울렸음에도 여전히 개선이 안 되고 있다. 최근 아프가니스탄에서 철수한 것도 과도한 채무로 인해 이제 더 이상 세계경찰 역할을 할 수 없었던 것에서 기인한다.

다음 대외 순자산 도표에서 읽을 수 있듯이, 일본은 (미국과는 정반대로) 국민과 국가 모두 저축을 미덕으로 실천하는 민족이다. 그것은 아무도 무시하지 못할 일본의 저력으로, 언젠가는 큰 힘을 발휘할 것이다. 우리는 이 미덕을 꼭 배우고 행동에 옮겨야만 한다. (참조:『매일경제』,「한중일 톺아보기」, 신윤재, 2021. 7. 10)

주요국 대외 순자산 규모(2020년 기준, 한국은 2021년 1분기 기준)

순위	국가	규모(단위: 백만 달러)
1	일본	3,247,701
2	독일	3,121,312
3	홍콩	2,152,768
4	중국	2,150,252
5	대만	1,371,420
13	한국	477,517
78	프랑스	−746,964
79	영국	−857,572
80	스페인	−1,160,494
81	미국	−14,092,102

자료: IMF

2. 수출대국으로서의 한국

세계 수출 7위 한국

2020년 코로나19 여파에도 한국이 세계 수출 7위, 교역 9위 자리를 지켰다. 수출 증감률은 10개 주요국 가운데 네 번째였고, 중계무역 국가를 빼면 두 번째로 나온 성적이다.

세계무역기구(WTO)의 '2020년 세계 주요국 교역 동향'에 따르면 2020년 한국의 수출 순위는 7위로 전년과 동일했다. 세계 전체 수출에서 한국이 차지하는 비중은 3.1%로 집계됐다. 2019년 2.9%로 11년 만에 3%를 밑돌았으나 바로 3%대를 회복했다.

1~6위는 중국(15.8%), 미국(8.8%), 독일(8.4%), 네덜란드(4.1%), 일본(3.9%), 홍콩(3.4%)이다. 10위권 수출국 중 상위 5개국 순위는 변동이 없었으나 영국이 10위권 밖으로 밀려나고 벨기에(10위)가 새로 진입했다.

한국은 수출과 수입을 합한 교역 순위 역시 9위로 전년과 같았다. 2020년 전 세계 교역에서 한국 비중은 3.0%로 역대 최고치인 2011년(3.0%)과 동일했다. (참조: 「한국 지난해 수출 7위, 교역 9위 유지…코로나19에도 선방」, 『중앙일보』, 임성빈, 2021. 2. 28)

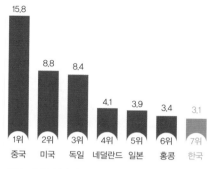

2020년 세계 주요국 수출 비중 (단위: %)

- 1위 중국 15.8
- 2위 미국 8.8
- 3위 독일 8.4
- 4위 네덜란드 4.1
- 5위 일본 3.9
- 6위 홍콩 3.4
- 7위 한국 3.1

자료: 세계무역기구(WTO)

WTO 2020년 세계 주요국 교역 동향

순위	수출			교역(수출+수입)		
	국가명	증감률(%)	비중(%)	국가명	증감률(%)	비중(%)
1	중국	3.7	15.8	중국	1.5	14.2
2	미국	△12.9	8.8	미국	△8.8	11.7
3	독일	△7.3	8.4	독일	△6.3	7.8
4	네덜란드	△4.8	4.1	일본	△10.6	3.9
5	일본	△9.1	3.9	네덜란드	△5.4	3.9
6	홍콩	2.6	3.4	홍콩	0.5	3.4
7	한국	△5.5	3.1	프랑스	△12.6	3.3
8	이탈리아	△7.7	3.0	영국	△10.9	3.2
9	프랑스	△14.5	3.0	한국	△6.3	3.0
10	벨기에	△6.2	2.6	이탈리아	△9.3	2.8
	세계 전체	△5.8		세계 전체	△6.5	

한국의 무역 비중 변화 과정

연도	세계 수출액 한국비중(%)	세계 수입액 한국비중(%)
2020년	3.1	2.6
2010년	3.1	2.8
2000년	2.7	2.4
1990년	1.9	2.0
1980년	1.2	1.3
1970년	0.3	0.7

자료: 국제통화기금 「IMF」

세계 수출시장 점유율 1위 품목

세계 수출시장에서 점유율 1위를 차지한 한국 제품이 2019년 기준 69개로 조사됐다. 세계 순위도 전년 대비 두 계단 상승한 11위를 기록했다. 이는 세계 1위 품목 조사를 시작한 2002년 이래 가장 높다.

한국무역협회 국제무역통상연구원이 2021년 3월 7일 발표한 '세계 수출 시장 1위 품목으로 본 우리 수출 경쟁력 현황' 보고서에 따르면 한국 세계 1위 품목 수는 전년보다 7개 증가한 69개로 집계됐다. 새로 1위에 오른 품목은 16개, 1위에서 밀려난 품목은 9개였다.

품목별로는 화학제품류(27개)와 철강·비철금속류(18개)가 전체의 65.2%를 차지했다. (참조: 「세계에서 1위 하는 한국 제품 69개···국가 순위 11위 '역대 최고'」, 『연합뉴스』, 조재영, 2021. 3. 7)

세계 수출시장 점유율 1위 품목(2019년 기준)　　　　(단위: 개)

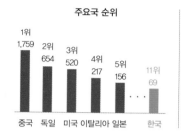

주요국 순위

중국 1위 1,759
독일 2위 654
미국 3위 520
이탈리아 4위 217
일본 5위 156
. . .
한국 11위 69

품목별 비중

총69개
화학제품(27개)
철강·비철금속(18개)
가죽·고무·신발(5개)
섬유제품(5개)
기타(14개)

자료: 한국무역협회

　1위 품목에 새롭게 진입한 16개 품목은 전자기기류로, 반도체를 이용한 데이터 저장장치인 솔리드스테이트 드라이브(SSD, 47억 1천만 달러), 화학제품류인 산화금속산염(19억 6천만 달러), 철강·비철금속류인 열간압연제품(16억 3천만 달러) 등 수출 금액이 큰 품목이 다수 포함됐다. 특히 SSD는 2020년 처음으로 수출 100억 달러를 돌파하며 한국의 차세대 수출 동력으로 자리잡고 있다.

　SSD는 하드디스크 드라이브(HDD)와 달리 자기디스크가 아닌 반도체 메모리를 내장하고 있다. 따라서 SSD는 기계 구동장치가 필요 없어 열과 소음이 발생하지 않고, 외부 충격에도 강한 장점을 갖고 있다. 2017년 4억 달러, 2018년 21억 달러, 2019년 47억 달러, 2020년 101억 달러를 수출하는 등 급성장 추세에 있다. 참고로 2021년 2분기 글로벌 SSD 시장 1위 업체는 삼성전자로 점유율 24.4%를 차지하고 있고, 한국 업체의 점유율은 36%를 넘어

시장을 선도하고 있다. (참조: 「요동치는 낸드 시장…'업계 1위' 삼성, 2분기 점유율 확대」, 『아시아경제』, 정현진, 2021. 8. 26)

2019년 기준 세계 수출시장 점유율 1위 품목이 가장 많은 국가는 중국(1,759개)으로 5년 연속 1위에 올랐다. 다음으로는 독일(654개), 미국(520개), 이탈리아(217개), 일본(156개), 인도(148개) 순이었다.

주요국 세계 수출시장 점유율 1위 품목 수 추이 (단위: 개)

국가명	2017년		2018년		2019년		품목 수 증감(b−a)
	순위	품목 수	순위	품목 수(a)	순위	품목 수(b)	
중국	1	1,693	1	1,716	1	1,759	43
독일	2	692	2	682	2	654	−28
미국	3	531	3	511	3	520	9
이탈리아	4	214	4	212	4	217	5
일본	5	169	5	161	5	156	−5
인도	7	141	7	128	6	148	20
네덜란드	6	143	6	146	7	136	−10
프랑스	8	106	8	108	8	112	4
스페인	13	71	10	86	9	97	11
벨기에	9	82	9	95	10	89	−6
한국	12	75	13	62	11	69	7

자료: 한국무역협회

한국의 10대 수출품목과 수입품목

2020년 한국의 10대 수출품목은 전체 수출의 58.0%를 차지했다. 반도체가 전년과 동일하게 1위를 유지했으며 자동차, 석유제품, 선박해양구조물및부품, 합성수지, 자동차부품, 평판디스플레이및센서, 철강판, 컴퓨터, 무선통신기기 순으로 수출 점유를 나타냈다. 선박해양구조물및부품이 7위에서 4위, 합성수지가 6위에서 5위로 증가했으며, 자동차부품이 4위에서 6위, 평판디스플레이및센서가 5위에서 7위로 하락했다.

수출품목

(단위: 백만 달러)

구분	2018년		2019년		2020년	
	품목명	금액	품목명	금액	품목명	금액
1위	반도체	126,706	반도체	93,930	반도체	99,177
2위	석유제품	46,350	자동차	43,036	자동차	37,399
3위	자동차	40,887	석유제품	40,691	석유제품	24,168
4위	평판디스플레이 · 센서	24,856	자동차부품	22,535	선박해양구조물 · 부품	19,749
5위	자동차부품	23,119	평판디스플레이 · 센서	20,657	합성수지	19,202
6위	합성수지	22,960	합성수지	20,251	자동차부품	18,640
7위	선박해양구조물 · 부품	21,275	선박해양구조물 · 부품	20,159	평판디스플레이 · 센서	18,151
8위	철강판	19,669	철강판	18,606	철강판	15,997
9위	무선통신기기	17,089	무선통신기기	14,082	컴퓨터	13,426
10위	컴퓨터	10,760	플라스틱 제품	10,292	무선통신기기	13,184
10대품목 수출액	–	353,671	–	304,238	–	297,093
총수출액대비비중(%)	–	58.5		56.1		58.0

자료: 수출통관자료

2020년 한국의 10대 수입품목은 전체 수입의 42.8%를 차지했다. 반도체, 원유, 반도체제조용장비, 천연가스, 컴퓨터, 자동차, 무선통신기기, 석유제품, 정밀화학원료, 의류 순으로 수입 점유를 나타냈다. 반도체가 전년 대비 2위에서 1위, 반도체제조용장비가 3위로 상승했으며, 원유가 전년 대비 1위에서 2위, 천연가스가 전년 대비 3위에서 4위, 석탄이 기타로 하락했다. (참조: e−나라지표, 〈10대 수출입통계〉)

수입품목

(단위: 백만 달러)

구분	2018년		2019년		2020년	
	품목명	금액	품목명	금액	품목명	금액
1위	원유	80,393	원유	70,252	반도체	50,283
2위	반도체	44,728	반도체	47,032	원유	44,456
3위	천연가스	23,189	천연가스	20,567	반도체제조용장비	17,039
4위	석유제품	21,443	석유제품	17,539	천연가스	15,716
5위	반도체제조용장비	18,805	석탄	14,209	컴퓨터	13,210
6위	석탄	16,703	무선통신기기	13,626	자동차	13,074
7위	정밀화학원료	13,021	자동차	11,986	무선통신기기	12,954
8위	컴퓨터	12,708	컴퓨터	11,345	석유제품	12,952
9위	무선통신기기	12,429	정밀화학원료	11,334	정밀화학원료	10,642
10위	자동차	12,099	의류	10,891	의류	9,599
10대품목 수입액	−	255,519	−	228,779	−	267,707
총수입액대비비중(%)	−	57.7	−	45.5	−	42.8

자료: 수입통관자료

한국의 10대 무역국

(단위: 백만 달러)

수출

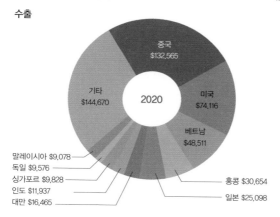

자료: 한국무역협회, 2020년

수입

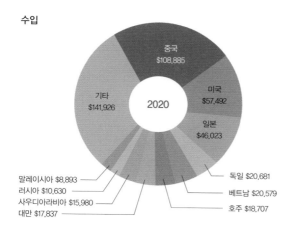

자료: 한국무역협회, 2020년

한국의 10대 무역국 변화 과정

	수출			수입		
	1990년	2005년	2020년	1990년	2005년	2020년
1	미국	중국	중국	일본	일본	중국
2	일본	미국	미국	미국	중국	미국
3	홍콩	일본	베트남	독일	미국	일본
4	독일	홍콩	홍콩	호주	사우디아라비아	독일
5	싱가포르	대만	일본	중국	아랍에미리트연합	베트남
6	영국	독일	대만	사우디아라비아	호주	호주
7	캐나다	싱가포르	인도	인도네시아	독일	대만
8	대만	영국	싱가포르	말레이시아	인도네시아	사우디아라비아
9	프랑스	인도네시아	독일	캐나다	대만	러시아
10	인도네시아	말레이시아	말레이시아	대만	말레이시아	말레이시아

자료: e-나라지표

3. 한국의 막강한 군사력

2021년 세계 군사력 순위(GLOBAL FIREPOWER 2021)

미국 군사력 평가기관인 GFP 보고서 〈2021년 세계 군사력 순위〉에 의하면, 한국의 군사력 순위는 세계 6위에 해당한다.

군사력 지수는 인구, 병력과 장비, 무기 등 군대의 규모를 비롯해 국방예산, 전략물자 보유량 등 전쟁 지속력, 국토 면적이나 수로 길이 등 48개 항목을 종합해 산출한다.

다만 무기 중에서 핵무기 능력은 제외한다. 북한이 열병식에서 신형 SLBM을 공개하는 등 핵무력을 과시하고 있지만 군사력 순위가 28위에 그친 이유이기도 하다. (참조: 「2021년 세계 군사력 평가…한국 6위, 북한 28위」, 『뉴스데일리』, 전경웅, 2021. 1. 17)

세계 군사력 순위

국가	지수
미국	0.072
러시아	0.080
중국	0.086
인도	0.121
일본	0.144
한국(6위)	0.162 (국방비 480억 달러)
프랑스	0.169
영국	0.201
브라질	0.204
파키스탄	0.208
터키	0.212
이탈리아	0.214
이집트	0.221
이란	0.252
독일	0.253

북한(28위) 지수 0.4684

2020년 무기수출국 순위

2021년 3월 스톡홀름국제평화연구소(SIPRI)는 최근 5년간 (2016~2020) 글로벌 방산수출국가 순위에서 한국이 '세계 9위'로 역대 최고실적을 올렸다고 밝혔다. 과거 5년(2011~2015)과 대비해도 210% 증가했으며, 10년 전(2006~2010)과 비교해서는 무려 649% 급증했다.

세계 무기시장 점유율은 2.7%로 기존 방산강국인 이탈리아 (2.2%)와 네덜란드(1.9%)를 제쳤다는 점도 고무적이다. 이는 과거 '방산수출 변방국가'에서 현재 '세계 10대 방산수출국가'로 한국의 글로벌 위상이 급등했음을 의미한다. 불과 10여 년이라는 짧은 기간 동안 순위권 밖에서 세계 9위까지 방산수출 실적이 급증한 나라는 한국이 유일하다. (참조: 「세계 9위 무기 수출대국 한국 주력 수출품은?」, 『글로벌이코노믹』, 박희준, 2021. 3. 16)

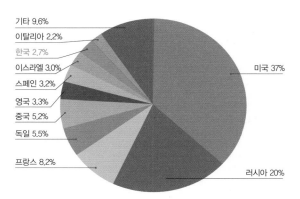

자료: 〈최근 5년간(2016~2020) 글로벌 방산수출국가 순위〉, 스톡홀름국제평화연구소 (SIPRI), 2021. 3

SLBM 잠수함 발사 세계 7번째 성공

국방과학연구소는 2021년 9월 15일 충남 태안 종합시험장에서 잠수함발사탄도미사일(SLBM) 수중 발사 시험에 성공했다. 한국에서 독자 개발한 SLBM은 도산안창호함에 탑재돼 수중에서 남쪽으로 발사됐고, 계획된 사거리를 비행해 목표 지점에 정확히 명중했다. 잠수함에서 SLBM 수중 발사에 성공한 것은 미국과 러시아, 중국, 영국, 프랑스, 인도에 이어 세계 7번째이다(SLBM 보유국 중 인도는 자체개발이 아닌 러시아에서 리스해서 쓰고 있고, 영국도 미국의 기술에 의존하고 있다).

SLBM은 잠수함에 탑재돼 어떤 수역에서나 자유롭게 잠수 상태에서 발사할 수 있는데, 실제 전투 현장에서 판도를 바꿀 수 있다는 의미에서 '게임체인저'로 불린다. SLBM 보유는 전방위 위협에 대한 억제 전력 확보 차원에서 상당한 의미가 있으며, 향후 자주국방과 한반도 평화 정착에 큰 역할을 할 것으로 기대된다. (참조: 「독자 개발 SLBM 수중 발사 성공…세계 7번째」, KBS, 이철호, 2021. 9. 15)

자료: 국방과학연구소

4. 한류 콘텐츠의 세계적 강세 현상 '한류'

한류 문화 콘텐츠 전체

2020년 코로나19 팬데믹으로 문화계 전반이 큰 어려움을 겪었지만, '한류'는 비대면 물결을 타고 세계적으로 강세를 보였다는 분석이 나왔다. 2021년 4월 27일 문화체육관광부와 한국국제문화교류진흥원이 발간한 '2020 한류백서'에 따르면, 2020년 상반기 콘텐츠산업 매출은 약 57조 2,957억 원(전년 동기 대비 −1.9% 감소), 수출액은 50억 7,989만 달러(4.5% 증가)로 나타났다.

게임산업은 전체 수출액의 절반 이상인 37억 달러로 분야별 수출액 중 가장 큰 비중을 차지했으며, 이어 캐릭터, 음악, 방송 등 순으로 비중이 크게 나타났다. (참조: 『2020 한류백서』, 「2020년 한류 이슈 총론」, 김아영, KOFICE, 2021. 3. 31)

콘텐츠산업 매출액 · 수출액 추이(2017–2020)

구분	2017	2018	2019(추정)	2020(추정)
매출액(조 원)	113.2	119.6	125.4	132.9
수출액(억 달러)	88.1	96.2	103.9	111.0

*「2020년 상반기 콘텐츠산업 동향분석 보고서」의 콘텐츠산업 특수 분류체계에서 정의된 11개 분야(출판, 만화, 음악(공연), 게임, 영화, 애니메이션, 광고, 방송, 캐릭터, 지식정보, 콘텐츠솔루션) 중 한류백서의 산업 분류에 해당하는 부문만을 추렸다.

2020년 상반기 콘텐츠산업 매출액 · 수출액 순위

순위	산업 부문	매출액(백만 원)	산업 부문	수출액(천 달러)
1	출판	10,374,765	게임	3,675,666
2	방송	9,274,094	캐릭터	350,068
3	게임	8,117,049	음악(공연)	229,782
4	캐릭터	6,367,324	방송	195,843
5	음악(공연)	2,620,237	출판	92,014
6	영화	1,427,815	애니메이션	38,631
7	만화	684,193	만화	31,125
8	애니메이션	280,253	영화	12,656

자료: 한국콘텐츠진흥원(2020.12.31), 「2020년 상반기 콘텐츠산업 통합분석 보고서」

2020년 상반기 콘텐츠산업 수출액 순위

(단위: 천 달러)

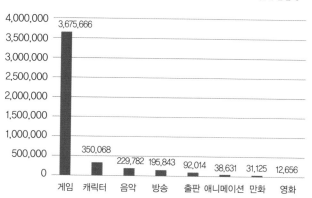

자료: 한국콘텐츠진흥원(2020.12.31), 「2020년 상반기 콘텐츠산업 통합분석 보고서」

연간 지역별 한류동호회 현황(2014~2020) (단위: 개, 명)

구분	2014	2015	2016	2017	2018	2019	2020
조사 국가	79	86	85	92	94	98	98
동호회 수	1,254	1,493	1,635	1,594	1,843	1,799	1,835
동호인 수	21,702,723	35,622,393	58,386,749	73,124,523	89,193,766	99,328,297	104,777,808
동호회당 동호인 수	17,307	23,860	35,711	45,875	48,396	55,213	57,100

자료: 국제교류재단(2021), 「2020 지구촌 한류 현황」

방송 부문

2020년 한국 방송영상 콘텐츠는 OTT(Over The Top, 기존 통신과 방송사가 아닌 새로운 사업자가 인터넷으로 드라마나 영화 등 다양한 미디어 콘텐츠를 제공하는 서비스를 말한다)를 통해 글로벌 시청자와의 접점을 더욱 넓혔다.

〈사이코지만 괜찮아〉(tvN/19위, 43개 국가, 146일), 〈스타트업〉(tvN/32위, 28개 국가, 124일), 〈더 킹〉(SBS/36위, 28개 국가, 124일), 〈청춘기록〉(tvN/48위, 26개 국가, 79일)이 넷플릭스의 전 세계 TV 쇼 순위에서 한 분기 가까이 사랑받았으며, 특히 〈스위트홈〉은 2020년 말 전 세계 8개국 넷플릭스에서 1위를 차지했다. (참조: 『2020 한류백서』, 「방송 한류: 거대한 지각 변동」, 이성민, KOFICE, 2021. 3. 31)

가장 좋아하는 한국 드라마에 대한 응답

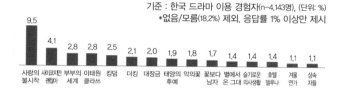

기준 : 한국 드라마 이용 경험자(n-4,143명), (단위: %)
*없음/모름(18.2%) 제외, 응답률 1% 이상만 제시

사랑의 불시착	사이코지만 괜찮아	부부의 세계	이태원 클라쓰	킹덤	더킹	대장금	태양의 후예	악의꽃	꽃보다 남자	별에서 온 그대	슬기로운 의사생활	호텔 델루나	겨울 연가	상속 자들
9.5	4.1	2.8	2.8	2.5	2.1	2.0	1.9	1.8	1.7	1.4	1.4	1.4	1.1	1.1

자료: 한국국제문화교류진흥원(2021), 「2021 해외한류실태조사」

방송 프로그램 국가별 수출액(2017~2019)

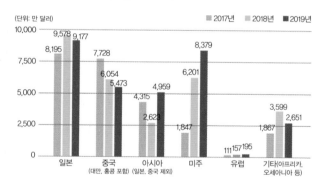

(단위: 만 달러)

■ 2017년 ■ 2018년 ■ 2019년

	일본	중국 (대만, 홍콩 포함)	아시아 (일본, 중국 제외)	미주	유럽	기타(아프리카, 오세아니아 등)
2017년	8,195	7,728	4,315	1,847	111	1,867
2018년	9,578	6,054	2,623	6,201	157	3,599
2019년	9,177	5,473	4,959	8,379	195	2,651

자료: 정보통신정책연구원, 「방송산업실태조사 보고서」(2018, 2019, 2020)

영화 부문

2020년 한국 영화 수출 편수는 총 975편으로 2019년보다 401편 늘었다. 이는 완성작 수출(5,416만 달러, 603억 원, 64.7%)이 서비스 수출(2,945만 달러, 328억 원, 35.2%)을 역전하면서 나타난 결과로 분석되었다. 코로나19로 신작 개봉 일정이 지연된 상황에서, 일부 작품의 '글로벌 OTT 선회'에 '부가 시장(현지 극장, VOD 등) 배급에 따른 추가 수익'이 더해져 완성작 수출 확대가 이뤄졌다.

국가별 수출액과 비중은 타이완(790.3만 달러, 88억 원, 14.6%), 일본(377만 달러, 42억 원, 7.0%)이 각각 1, 2위를 유지했고, 중국(245만 달러, 27억 원, 4.5%)이 미국(99만 달러, 11억 원)을 제치고 3위에 올랐다. 경색된 한중 관계로 인해 중국 현지 극장에서 한국 영화를 볼 수는 없지만, 리메이크 판권 판매와 같은 부가 시장 판권은 선전한 것으로 나타났다.

특히 〈기생충〉이 2020년 아카데미 시상식에서 작품상, 감독상, 각본상, 외국어영화상을 수상하면서 전 세계적으로 한국 영화에 대한 관심도도 고조되었다. 〈기생충〉은 북미 외국어영화 역대 4위에 해당하는 흥행 기록을 남겼고, 전 세계 극장에서 2억 5,882만 달러의 수익을 올렸다. (참조: 『2020 한류백서』, 「영화 한류: 세계 최정상에서 맞이한 변화와 충격」, 김경만, KOFICE, 2021. 3. 31)

2018~2020년 한국 영화 완성작 권역별 수출액

(단위: 달러, %)

권역	2018		2019		2020	
	금액	비중	금액	비중	금액	비중
아시아	27,924,327	67.1	27,403,357	72.3	24,996,726	48.7
유럽	4,057,565	9.8	4,133,177	10.9	2,526,754	4.9
북미	3,313,223	8.0	3,762,036	9.9	998,600	1.9
중남미	1,582,428	3.8	824,821	2.2	308,000	0.6
오세아니아	339,644	0.8	612,478	1.6	195,620	0.4
중동아프리카	92,560	0.2	121,447	0.3	126,300	0.2
기타(전 세계 포함)	4,297,500	10.3	1,020,000	2.7	22,138,400	43.2
합계	41,607,247	100.0	37,877,316	100.0	51,290,400	100.0

자료: 영화진흥위원회(2021), 「2020 한국영화산업결산」

2018~2020년 한국 영화 완성작 국가별 수출실적

(단위: 달러, %)

순위	2018			2019			2020		
	국가	금액	비중	국가	금액	비중	국가	금액	비중
1	대만	7,153,277	17.2	대만	8,808,544	23.4	대만	7,903,100	14.6
2	홍콩	6,075,720	14.6	일본	4,710,691	12.5	일본	3,770,750	7.0
3	일본	4,591,124	11.0	미국	3,367,488	9.0	중국	2,448,126	4.5
4	중국	3,934,860	9.5	싱가포르	2,775,276	7.4	홍콩	1,544,500	2.9
5	미국	3,319,603	8.0	홍콩	2,022,443	5.4	베트남	938,000	1.7
6	싱가포르	2,871,726	6.9	프랑스	1,245,054	3.3	인도네시아	676,900	1.2
7	스페인	1,158,017	2.8	중국	1,169,500	3.1	태국	598,500	1.1
8	베트남	1,121,508	2.7	영국	744,432	2.0	필리핀	491,000	0.9
9	필리핀	670,400	1.6	인도네시아	704,800	1.9	프랑스	416,200	0.8
10	독일	624,567	1.5	베트남	455,742	1.2	싱가포르	209,750	0.4

자료: 영화진흥위원회(2021), 「2020 한국영화산업결산」

음악 부문

2020년 국내 대중음악산업의 수출액 비중은 일본(65.1%), 중국(19.8%), 동남아시아(12.3%), 북미(1.3%), 유럽(1.2%) 순으로 나타났다. 대형 케이팝 기획사와 다수 음악 시상식 중심으로 활발했던 온택트(On-tact) 공연, BLM(Black Lives Matter) 운동과 기후변화 등 글로벌 이슈에 적극 나서는 케이팝 스타 등의 소식이 눈에 띄었다.

특히 북미 수출액은 '빌보드 핫(HOT) 100' 차트에서 두 개의 1위 곡을 배출하며 또 다른 역사를 쓴 방탄소년단의 성공에 힘입어 30.8% 상승(2018년 대비)했으며, 연평균 증감률이 84.3%(2016~2018)에 이를 만큼 유의미한 성과를 거둔 것으로 조사되었다. (참조: 『2020 한류백서』, 「음악 한류: 코로나19 시대의 음악 한류, 위기와 극복, 남겨진 과제」, 이규탁, KOFICE, 2021. 3. 31)

음악산업 지역별 수출액 현황 (단위: 천 달러, %)

연도 지역	2016	2017	2018	비중	전년대비 증감률	연평균 증감률
중화권	98,362	109,931	111,962	19.8	1.8	6.7
일본	277,292	320,599	367,335	65.1	14.6	15.1
동남아	55,876	64,737	69,386	12.3	7.2	11.4
북미	2,105	5,468	7,151	1.3	30.8	84.3
유럽	6,247	8,552	7,038	1.2	-17.7	6.1
기타	2,684	3,294	1,364	0.2	-58.6	-28.7
합계	442,566	512,580	564,236	100.0	10.1	12.9

자료: 한국콘텐츠진흥원(2020), 「2019 콘텐츠산업통계조사」

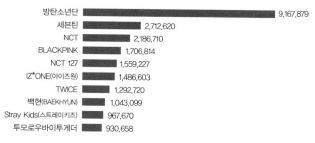

2020 연간 총 앨범 판매량 TOP 10   (단위: 장)

순위	가수	판매량
방탄소년단		9,167,879
세븐틴		2,712,620
NCT		2,186,710
BLACKPINK		1,706,814
NCT 127		1,559,227
IZ*ONE(아이즈원)		1,486,603
TWICE		1,292,720
백현(BAEKHYUN)		1,043,099
Stray Kids(스트레이키즈)		967,670
투모로우바이투게더		930,658

자료: 김진우(2020), 〈앨범 판매량 리뷰〉, 가온차트(http://gaonchart.co.kr)

게임 부문

대표적인 '홈 엔터테인먼트'인 게임은 팬데믹 상황에서 크게 번성했지만, 그 양상이 단순하지만은 않은 것으로 나타났다. 모바일게임과 콘솔게임 중심의 게임 제작·배급업은 두 자릿수 성장을 보일 전망이지만, 피시방과 아케이드 게임장 등 오프라인 중심의 유통 업소들은 큰 폭의 마이너스 성장을 예견했다.

세계 게임시장에서 한국 게임 순위는 미국, 중국, 일본, 영국에 이어 5위로 한 계단 하락했지만, 점유율(2018년 6.3% → 2019년 6.2%)에는 거의 변동이 없었다.

주요 국가별 수출 비중을 살펴보면, 중화권(40.6%) 수출 비중은 2019년을 기준으로 전년보다 9.7%p 늘었고, 동남아(11.2%), 일본(10.3%), 대만(9.8%), 북미(9.1%) 등이 뒤를 이었다.

전통적으로 강했던 PC게임, 모바일게임에 이어 한국 콘솔게임의 입지가 성공적으로 안착한 가운데 게임 타이틀을 구매하거나 내려받기하지 않아도 인터넷 접속만으로 고품질 게임이 가능한 '클라우드 게임 서비스'의 경쟁이 심화할 것으로 전망되었다. (참조: 『2020 한류백서』, 「게임 한류: 저성장 속에서 또 한 번의 약진을 노리는 게임 한류」, 강신규, KOFICE, 2021. 3. 31)

세계 게임 시장에서 한국의 점유율(2019년)　　(단위: 백만 달러, %)

순위	국가	시장 규모	비중
1	미국	37,523	20.1
2	중국	34,906	18.7
3	일본	21,989	11.8
4	영국	11,730	6.3
5	한국	11,611	6.2
6	프랑스	8,957	4.8
7	독일	8,799	4.7
8	이탈리아	4,615	2.5
9	캐나다	3,706	2.0
10	스페인	3,596	1.9
이하	기타	39,059	20.9

자료: 한국콘텐츠진흥원(2020b), 「2020 대한민국 게임백서」

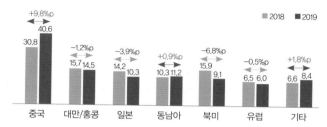

한국 게임의 수출 국가별 비중 비교(2018~2019년)

(단위: %)

■ 2018 ■ 2019

중국	대만/홍콩	일본	동남아	북미	유럽	기타
+9.8%p	-1.2%p	-3.9%p	+0.9%p	-6.8%p	-0.5%p	+1.8%p
30.8 / 40.6	15.7 / 14.5	14.2 / 10.3	10.3 / 11.2	15.9 / 9.1	6.5 / 6.0	6.6 / 8.4

자료: 한국콘텐츠진흥원(2020b), 「2020 대한민국 게임백서」

K뷰티 부문

2020년 한국 화장품 수출액은 75억 7,000만 달러(약 8조 3,500억 원)로 전년보다 15.7% 증가했다. 이는 코로나19로 인해 세계 각국의 봉쇄 조치가 이어진 속에서의 실적이라는 점에서 의미가 있다. 참고로 2015~2019년 5년간 연평균 26%의 높은 성장률을 기록한 바 있는 한국 화장품 수출이 2019년 전년 대비 4.2% 성장에 그쳐 우려되었던 상황에서 나온 성장이어서 매우 고무적이다.

국가별로 보면 중국이 50% 가까운 비중을 차지하면서 전체 수출을 견인했다. 코로나19로 하늘길이 막힌 상황에서 온라인 e커머스 채널에서의 33% 매출 증가로 성장을 끌어내 주목을 받았다. (참조: 『2020 한류백서』, 「뷰티 한류: K뷰티, 변화와 고난 속에서 희망을 보다」, 나원식, KOFICE, 2021. 3. 31)

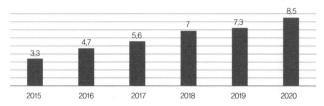

한국 화장품 연간 수출액 추이 (단위: 조 원)

- 2015: 3.3
- 2016: 4.7
- 2017: 5.6
- 2018: 7
- 2019: 7.3
- 2020: 8.5

자료: 산업통상자원부(2021.1.1), 2020년(12월, 연간) 수출입동향

한식 부문

코로나19 팬데믹이 전 세계를 강타한 2020년에도 대표 한식의 수출은 호조를 보였다.

김치의 경우 상반기 수출액은 전년 동기 대비 44.3% 증가했으며 이는 수출 사상 최대치에 해당한다. 이는 팬데믹 상황에서 면역력 강화 등 건강한 식습관에 대한 세계인의 관심이 확대되면서, 대표적 발효식품인 김치에 대한 관심도가 늘어난 데서 연유한다.

김치 외에도 인삼류 등의 신선식품, 면류의 가공식품, 김 등의 수산식품이 수출 호조를 나타냈다. (참조: 『2020 한류백서』, 「음식 한류: 건강과 면역 증진 앞세워 팬데믹 극복한 한식」, 강보라, KOFICE, 2021. 3. 31)

최근 4년간 주요 수출국 김치 수출액 추이

(단위: 천 달러, %)

구분	2017	2018	2019	2019 (6월누계)	2020 (6월누계)	(비중)	전년대비 증가율 (2019.6 ~2020.6)	연평균 증가율 (2017 ~2019)
전 세계	81,393	97,455	104,992	51,788	74,714	100.0	44.3	13.6
1 일본	45,567	56,103	55,184	28,183	38,456	51.5	36.5	10.0
2 미국	7,245	8,968	14,801	7,008	11,331	15.2	61.7	42.9
3 홍콩	4,345	4,489	4,952	2,520	3,614	4.8	43.4	6.8
4 대만	4,439	5,099	4,781	1,947	2,980	4.0	53.0	3.8
5 호주	2,546	3,112	3,485	1,756	3,584	4.8	104.1	17.0
6 영국	2,686	2,783	3,322	1,708	1,895	2.5	11.0	11.2
7 네덜란드	2,435	2,988	3,398	1,518	2,308	3.1	52.0	18.1

* 2017~2019년 수출실적연누계 2019~2020년 수출실적 6월(상반기) 누계
자료: KATI농식품수출정보 · 한국농수산식품유통공사(2020a), 「김치 수출 호조세에 따른 주요국 김치소비현황 분석」

2020년 농림수산식품 수출 식품별 수출액과 증가율

분류	품목	수출액(억 달러)	증가율(%)
신선식품	김치	131.5	36.5
	가금육류	68.7	16.5
	인삼류	197.9	7.8
가공식품	면류	720.7	28.7
	소스류	288.3	23.3
	과자류	471.0	16.8
	연초류	931.2	8.2
수산식품	김	547.3	3.5

자료: 한국농수산식품유통공사(2020b), 「2020년 11월(누계) 농림수산식품 수출 동향 보고서」

관광 부문

2019년 한국 관광산업은 방한 외래 관광객 1,750만 명 돌파라는 사상 최고의 성과를 거두었고, 세계경제포럼 관광경쟁력평가에서 전 세계 140개국 중 16위로 역대 최고 순위를 달성한 최고의 한 해였다. 그러나 2020년 코로나19의 대유행으로 세계 관광업계가 유례없는 위기 상황에 직면하면서, 한국도 역시 전체 방한 관광객은 전년 대비 250만 명(−85%)으로 급감했다.

그런데 이러한 팬데믹 상황에서 온라인으로 다양한 한국의 매력을 체험할 수 있는 랜선 여행이 큰 인기를 끌고 있다. 한국관광공사가 공개한 홍보영상 〈한국의 흥을 느껴보세요(Feel the Rhythm of Korea)〉는 유튜브 등 온라인 누적 조회 수가 2021년 1월 현재 6억 뷰에 달한다. 서울관광재단이 방탄소년단(BTS)을 앞세워 제작한 서울 관광 홍보 영상도 폭발적인 반응을 얻었다. (참조: 『2020 한류백서』, 「관광 한류: 뉴노멀 시대, 새로운 관광 한류를 그리다」, 김영희, KOFICE, 2021. 3. 31)

외래 관광객 중 한류 관광객 현황　　　　　　　　　　(단위: 천 명, %)

구분	2014	2015	2016	2017	2018	2019
한류 관광객 비중	6.5	7.7	7.9	10.7	9.3	12.7
총 외래 관광객 수	14,202	13,232	17,242	13,336	15,347	17,503
한류 관광객 수	923	1,019	1,362	1,427	1,427	2,223

자료: 한국관광공사(2019), 「한류관광시장 조사연구」

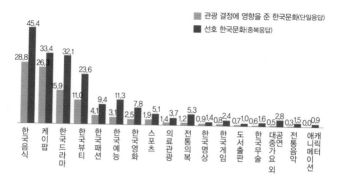

선호 한국문화 및 관광 결정에 영향을 준 한국문화 (단위: %)

■ 관광 결정에 영향을 준 한국문화(단일응답)
■ 선호 한국문화(중복응답)

자료: 한국관광공사(2019b), 「한류관광시장 조사연구」

〈오징어 게임〉, 전 세계 '문화 거물'로 우뚝 서다

2021년 9월 17일 첫선을 보인 넷플릭스 오리지널 드라마 〈오징어 게임〉(감독 황동혁)은 세계적인 대중문화의 현상이 될 정도로 돌풍적인 인기를 얻고 있다. 공개 일주일 만에 전 세계 넷플릭스 1위 자리를 차지했으며, 17일 만에 시청자 수 1억 1,100만 명을 넘어서며 넷플릭스 역대 최고 흥행작이 되었다. 11월 5일 현재 '넷플릭스 오늘 전 세계 톱 10 TV 프로그램(쇼)' 부문에서 43일째 1위를 지키며 하나의 문화혁명을 일으키고 있다.

〈오징어 게임〉은 456억 원의 상금이 걸린 의문의 서바이벌 게임에 참가한 사람들이 최후의 승자가 되기 위해 목숨을 걸고 극한의 게임에 치열하게 도전하는 이야기를 담은 9회 분량의 드라마이다.

현재 전 세계적으로 〈오징어 게임〉에 나오는 배우들에 대한 인기는 물론이고 한국음식, 놀이, 복장 등에 매혹되어 따라하기 열풍으로 뜨겁다. 각양각색의 달고나 만들기, 구슬치기 · 딱지치기 · 오징어 게임 등에 열광하고 있으며, 등장인물들의 복장은 핼러윈 데이 최고의 차림으로 각광을 받았다.

미국 뉴욕타임스(NYT)는 11월 3일 'BTS에서 오징어 게임까지, 한국은 어떻게 문화계 거물이 됐나'라는 제목의 기사를 통해 한국이 콘텐츠 강국으로 자리매김한 배경을 조명했다. 과거엔 자동차와 스마트폰이 한국의 주력 수출품이었지만, 이제는 한국의 엔터테인먼트가 전 세계 시청자들을 사로잡고 있음을 주목했다. (참조: 「'오징어 게임', 43일째 전 세계 넷플릭스 1위… 아직도 뜨겁다」, 뉴스1, 정유진, 2021. 11. 5)

〈오징어 게임〉 한 장면

5. 주요 분야에서의 남북한 비교

남북한 국방비 비교

(단위: 억 달러)

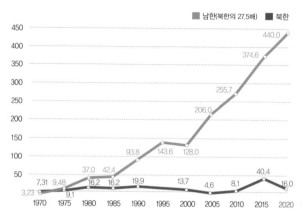

자료: 세종연구소 '통계로 보는 남북한 변화상 연구' 보고서

남북한 1인당 국민소득 비교

(단위: 만 원)

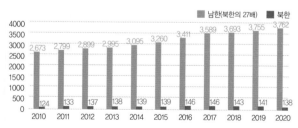

자료: 한국은행, 통계청

남북한 국내총생산(명목 GDP)

(단위: 조원)

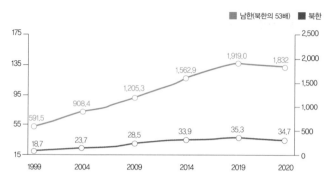

■ 남한(북한의 53배) ■ 북한

자료: 통계청

남북한 경제 성장률 비교

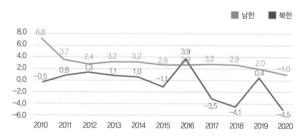

■ 남한 ■ 북한

자료: 한국은행, 통계청

남북한 무역총액 비교

(억 달러)

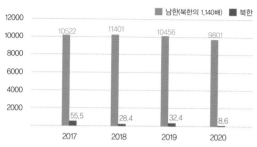

자료: 통계청

남북한 주요 무역국 비교

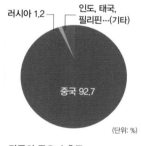

북한의 10대 무역국(2016년 기준)

러시아 1.2 ┐ ┌ 인도, 태국,
                  필리핀…(기타)

중국 92.7

(단위: %)

남한의 10대 수출국(2018년 기준)

싱가포르
멕시코…
(기타)

중국 24.8

미국 12

베트남

홍콩 8.3

6.8

2.6 필리핀 ┐

2.6 인도 ┐

3.5 대만 ┘

일본 4.7

(단위: %)

각국의 주요 수출품

구분	1위	2위	3위
남한	반도체	석유제품	자동차
북한	광물성생산품	섬유제품	동물성제품

자료: 통계청

남북한 인구 비교

인구 (단위: 만 명)

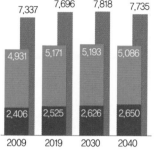

| | 7,337 | 7,696 | 7,818 | 7,735 |

■ 남북한
■ 남한(2019년 기준 북한의 2배)
■ 북한

4,931 / 5,171 / 5,193 / 5,086

2,406 / 2,525 / 2,626 / 2,650

2009 2019 2030 2040

기대수명 (단위: 세)

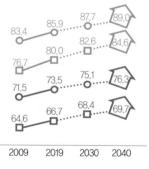

○ 남한여자(2019년 기준 북한보다 12.4세 높음)
□ 남한남자(2019년 기준 북한보다 13.3세 높음)
● 북한여자
■ 북한남자

83.4 85.9 87.7 89.0

76.7 80.0 82.6 84.6

71.5 73.5 75.1 76.3

64.6 66.7 68.4 69.7

2009 2019 2030 2040

연령계층별 인구　　　　　　(단위: %)

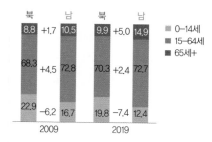

자료: 통계청, 「2020 북한의 주요통계지표」(2019년 기준)

남북한 산업구조 비교(2019)　　　　　(단위: %)

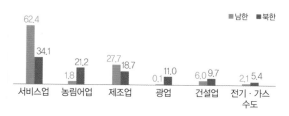

자료: 통계청, 「2020 북한의 주요통계지표」(2019년 기준)

남북한 농업 비교

식량작물 생산량 (단위: 만 톤)

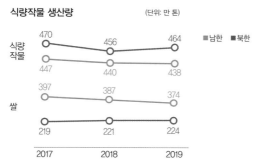

자료: 통계청, 「2020 북한의 주요통계지표」(2019년 기준)

남북한 광업 비교

석탄 생산량 (단위: 만 톤)

자료: 통계청, 「2020 북한의 주요통계지표」(2019년 기준)

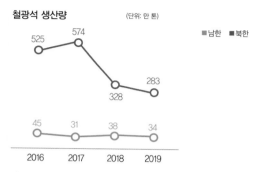

철광석 생산량　　(단위: 만 톤)　　　　　■남한 ■북한

525　　574
　　　　　　　　　　283
　　　　　328
45　　31　　38　　34
2016　　2017　　2018　　2019

자료: 통계청, 「2020 북한의 주요통계지표」(2019년 기준)

한국문학사 작은책 시리즈 16

선진 한국의 아버지
(그의 마지막 유언)

초판 1쇄 발행 2021년 10월 15일
초판 5쇄 발행 2021년 11월 22일

지은이 홍상화
펴낸이 홍정완
펴낸곳 한국문학사

편집 이은영 이상실
영업 이운섭 신우섭
관리 황아롱
디자인 심현영

04151 서울시 마포구 독막로 281(염리동) 마포한국빌딩 별관 3층

전화 706-8541~3(편집부), 706-8545(영업부) | 팩스 706-8544
이메일 hkmh73@hanmail.net
홈페이지 및 쇼핑몰 http://www.한국문학사.kr
블로그 http://blog.naver.com/hkmh1973
출판등록 1979년 8월 3일 제300-1979-24호

ISBN 978-89-87527-88-8 03810